KB162419

을 유 세 계 문 학 전 집 · 7 7

오레스테이아 3부작

오레스테이아 3부작

OPEΣTEIA

아이스퀼로스 지음 · 김기영 옮김

❀ 을유문화사

옮긴이 김기영

연세대학교 철학과를 졸업하고 서울대학교 서양고전학 협동과정에서 석사 학위를, 독일 베를린 자유대학 고전학과에서 소포클레스 비극 연구로 박사 학위를 받았다. 서울대학교와 연세대학교에서 강의하면서 정암학당 연구원으로도 활동하고 있다. 소포클레스의 『안티고네』, 『오이디푸스 왕』, 『콜로노스 오이디푸스』를 우리말로 옮겼고, 「오이디푸스 신화의 수용과 변형」, 「메데이아 신화의 재현과 그 연극성」 등의 논문을 발표했다. 지은 책으로 『신화에서 비극으로: 아이스퀼로스의 오레스테이아 삼부작』, 『신화의 숲에서 리더의 길을 묻다』(공저) 등이 있으며, 비극 주인공의 전형과 모범을 다룬 저술 『그리스 비극의 영웅 세계』를 준비 중이다.

을유세계문학전집 77
오레스테이아 3부작

발행일·2015년 8월 25일 초판 1쇄 | 2024년 4월 10일 초판 5쇄
지은이·아이스퀼로스 | 옮긴이·김기영
펴낸이·정무영, 정상준 | 펴낸곳·(주)을유문화사
창립일·1945년 12월 1일 | 주소·서울시 마포구 서교동 469-48
전화·02-733-8153 | FAX·02-732-9154 | 홈페이지·www.eulyoo.co.kr
ISBN 978-89-324-0459-2 04890 978-89-324-0330-4(세트)

차례

아가멤논

등장인물

파수꾼

코러스 아르고스의 장로들

클뤼타이메스트라 아가멤논의 아내, 아르고스의 왕비

전령

아가멤논 아르고스의 왕

캇산드라 트로이아의 프리아모스 왕의 딸

아이기스토스 아가멤논의 사촌, 클뤼타이메스트라의 정부

무대 아르고스에 있는 아가멤논의 궁전

(궁전 성벽 위에서 파수꾼이 경계하며 지키고 있다.)

파수꾼 신들께 비나이다. 이렇듯 1년 내내
　　파수 보고 있으니 이 노고에서 벗어나게 해 주소서.
　　아트레우스 두 아들의 지붕에 개처럼 팔꿈칠 기대고
　　누워* 망보았더니, 밤 별들의 집회를 잘 알고 있지.
　　잘 안다니까, 인간에게 겨울과 여름을 가져다주는,　　　　5
　　창공에 또렷이 보이는 저 빛나는 통치자들을.
　　별들이 뜨고 지고 할 때 말이야.
　　지금은 봉화 신호를 기다리고 있는데,
　　그게 말야, 트로이아에서 불의 섬광으로
　　소식을 날라 함락의 말을 전한다고.　　　　10

사내처럼 기도(企圖)하는 한 여자의 마음이 희망에

부풀어 이렇게 통치하니까. 이슬 젖어 밤새 방황하는

침대에 누워 있으니 내 침대는 꿈조차 지켜보질

못하는구면. 공포가 잠 대신 곁에 서 있으니

15 두 눈 꼭 감고 잠들지 못하는 게지.

잠을 떨쳐 내려 약초를 잘라 넣듯*

흥얼거리거나 노랠 부르려 하면,

이 집의 불행을 신음하며 울게 되네.

이 집이 예전처럼 아주 훌륭하게 관리되지 못하니

20 어둠에서 불이 빛나 좋은 소식을 전해

이제는 노고에서 벗어나 좀 행복해지고 싶은데.

(봉홧불이 빛난다. 파수꾼은 기뻐서 펄쩍 뛴다.)

반갑구나, 봉홧불이여! 밤에 대낮처럼 밝은 빛으로

소식을 알리는구나. 이런 행운으로

많은 가무단을 아르고스에 세울 수 있겠구나.

25 *이우이우(iou iou)**

아가멤논의 부인께 분명히 알려야겠다.

하면 그녀는 침대에서 벌떡 일어나

이 봉홧불이 전한 소식을 두고는

이 집을 위해 상서롭게 승리를 외치겠지,

30 불 신호가 분명히 전하듯 트로이아가 함락됐다면.

나 역시 전주곡에 따라 춤을 출 거야.

주인께 잘 나온 숫자에 따라 말을 움직여야지.*

이 파수 보는 일로 내겐 6이 세 번이나 나왔으니까.

그래서 이 집의 왕께서 돌아오실 때, 이 손으로

내가 그분의 정다운 손을 붙잡게 되기를. 35

그러나 다른 일은 침묵해야겠다. 내 혀엔 커다란

소가 서 있으니까.* 여기 이 집이 스스로 소릴 내면

아주 분명히 말할 텐데. 나로선 아는 자에겐

기꺼이 말하고 모르는 자에겐 고의로 잊을 거다.*

(파수꾼이 지붕에서 내려와 퇴장한다. 집 안에서 여자들의 환호성이 울려 퍼진다. 하인이 나타나 대문 앞 제단에 향을 피운다. 아르고스 장로들의 코러스가 오케스트라에 입장한다.)

코러스 10년의 세월이 지났구나, 40

프리아모스를 고소한 강력한 적수

메넬라오스와 아가멤논 왕,

제우스께서 주신 두 왕좌와 두 왕홀의 명예로

함께 멍에 멘 아트레우스의 두 아들이

소송을 위한 군사 지원으로 45

이 땅에서

전의로 불타 큰 함성 지르며

1천 척의 아르고스 선단을 물에 띄운 이후로,

마치 독수리들이

새끼들로 인해 극심한 슬픔에 미쳐 50

날개의 노 저으며

그들 둥지 위로

높이 빙빙 돌 때처럼

어린 새끼 둥지를 감시하는 노고가 헛되었구나.

55 저 높은 곳의 어떤 신, 아폴론이나 판 신이나

제우스 신께서, 이들 하늘 거주민들이

날카롭게 울부짖는 소리를 들으시고

늦게라도 응징하는 복수의 여신을

범법자들에게 보내시는구나.

60 환대의 신* 막강한 제우스께서

아트레우스의 두 아들을

알렉산드로스*에게 보내시는구나.

사내 많은 여잘 위하여

무릎이 먼지에 휘어지고

65 창 자루 부러지는 혼례 전 희생 제의*로,

다나오스인과 트로이아인이 모두 똑같이,

사지 짓이기는 싸움을 벌이게 하셨다네.

지금은 이런 상황이나, 운명은 정한 대로 이루어지리라.

희생 제물을 태우고 제주를 부어도,

70 불에 닿지 않은 제물을 바쳐도

신들의 엄청난 분노는 달래지 못하리라.

하나 우리는 오래된 육신으로

아무 명예도 없이

당시 군사적 도움 주지 못해 뒤에 남아서

단장에 아이 같은 힘을 의지하고 있어라.　　　　　　　75

아이의 가슴을 지배하는

미성숙한 골수도

노인의 것과 같으니

그 자리엔 투혼*이 말랐네.

이파리 시든 노령(老齡)은　　　　　　　　　　　　　80

세 발로 길을 가고*

애들처럼 허약해

낮에 보인 꿈처럼 떠돌아다니네.

(궁전 대문으로 다가가며)

당신, 튄다레오스의 따님, 클뤼타이메스트라 여왕이시여,

무슨 일입니까? 무슨 새로운 일이라도?　　　　　　　85

무슨 말을 듣고 무슨 소식에 설득되어

사방에 전령을 보내 제물을 바치십니까?

도시의 모든 수호신들,

상계 신들과 하계 신들,

대문 신들과 집회장 신들의 제단에서　　　　　　　90

제물들이 불타고 있답니다.

여기저기서 횃불이

하늘 높이 치솟고 있구나.

왕가 깊은 창고에서 나온

걸쭉한 공물, 정결한 기름이　　　　　　　　　　　95

부드럽게 달래고 속임 없이 설득하여 횃불을 치유하니.

이 가운데 말할 수 있고 말해도 되는 것은

무엇이든 밝혀 말해 주시고

부디 동의하시어 지금 우리 마음 슬프게 하는

100 걱정거리를 치유해 주소서.

당신께서 보여 주신 희생 제물로

희망이 움트니, 만족 모르는 걱정과

마음 좀먹는 근심을 막아 주고 있답니다.

전권(全權)을 갖고 있노라, (좌 1)

105 권력자 두 지휘관이 떠난 상서로운 원정 길을 노래하는.

나이 줄금 많은 내가

아직도 신들의 영감을 받아 설득이란

노래의 무용(武勇)을 갖고 있으니,

맹렬한 새의 전조가 이끄는 대로

110 한 쌍 왕좌에 앉은 아카이아인의 두 지휘관,

헬라스의 청춘과 한마음 되어 이끈 두 지휘관이

응징하기 위해 어떻게 손에 창을 들고

테우크로스의 땅 트로이아로 갔는지 노래하리라.

함대의 두 왕 앞엔 새들의 왕,

115 검은 새와 흰 꼬리의 검은 새가

창 휘두르는 오른손 방향에서* 궁전 근처에 나타나

모두에게 잘 보이는 자리에 앉아

새끼를 배서 몸이 무거운

토끼 종의 후손*을 잡아먹으니

마지막 도망 길이 끊어졌구나.*120

아이고, 아이고 울어라, 하나 좋은 뜻이 승리하기를.

군대의 현명한 예언자는(우 1)

전조를 보자 토끼 포식한 자가

원정 이끈 두 지휘관, 서로 기질 다른

호전적 아트레우스의 두 아들이란 걸 알아보고125

전조를 해석하여 이렇게 말했다네.

"때가 차면 이번 원정은

프리아모스의 도시를 포획하고

성 앞 주민이 소유한 모든 가축 떼는

운명의 여신이 난폭하게 약탈하게 되리라.130

다만 신들이 질투하여

트로이아에 물린 거대한 재갈, 결집된 군대를

먼저 내리쳐 그늘을 던지지 마시기를.

정결한 아르테미스가

동정하시며, 출산하지 않은 고단한 토끼와135

그 새끼를 모두 희생시킨 아버지

제우스의 날개 달린 개들을 적대하여

독수리의 만찬을 증오하시는구나."

아이고, 아이고 울어라, 하나 좋은 뜻이 승리하기를.

"그렇게 저 아름다운 아르테미스는 (종가)

141 의지가지없는 사나운 사자 새끼에게 호의를 보이고

들판 떠도는 모든 짐승의

젖먹이들에게 기뻐하니

토끼가 희생될 전조를 이룰 것을 요구하시네.

145 새들의 징조는 상서롭지만 불길하구나.

그리하여 치유자 아폴론을 부르노라.

여신이 역풍을 일으켜 오랫동안 항구에 배를 붙잡아

다나오스인의 출항을 지연시켜

두 번째 희생 제물*을

150 바치라고 재촉하시지 않게 하라.

그 제물은 관습에 어긋나고 만찬도 없는 것이니

같은 종족 사이 분쟁을 낳으며

남편조차 두려워 않는구나.

기다리고 있으니, 교활하고 무시무시한 가정의 관리자,

155 늘 새로이 기억하는 분노, 자식으로 복수하는* 분노가."

이런 말로, 예언자 칼카스가 크게 축복하며

원정 길 새 전조에 나타난 왕가의 운명을 외쳤다네.

이에 어울리게

아이고, 아이고 울어라, 하나 좋은 뜻이 승리하기를.

제우스시여, 당신이 어떤 분이시든 (좌 2)

161 그 이름으로 불리길 원하시면

그 이름으로 부르겠나이다.

만물을 측량해 보아도

제우스와

비교할 상대가 없으니 헛된 걱정의 짐을   165

정말로 던져 버릴 수 있으리.

오만한 자신감으로 넘쳐 나서 누구든   (우 2)

상대하며 강력했던 자 우라노스가

과거에 존재했다고 말하지 않으리라.   170

나중에 태어난 자 크로노스도

맞수를 만나 세 번 내던져져* 사라졌구나.

기뻐하며 제우스께 승리 찬가를 외치는 자

모든 점에서 지혜의 과녁을 명중하게 되리라.   175

제우스께선 인간을 사유의 길로   (좌 3)

이끄시며 '고통을 통한 배움'*을

유효한 법으로 정하셨노라.

잠은 오지 않고, 심장 앞엔 고통 떠올리는

아픔이 뚝뚝 듣고 있으니*   180

분별은 원치 않는 자에게도 찾아오는 법.

지엄한 조타수 자리에 앉은 신들이

이런 호의를 강제로 베푸시는 듯하구나.*

당시 아카이아 선단의 연장자 지휘관은 (우 3)
185 어느 예언자도 비난하지 않고
갑자기 불어닥친 사태와 더불어 호흡했다네.
파도 밀려가고 밀려오는
칼키스의 맞은편 해안가
아울리스를 차지했으나
190 출항 연기와 텅 빈 위장 탓에
아카이아 백성이 짓눌렸구나.

바람이 스트뤼몬에서 불어닥쳐* (좌 4)
게으름과 굶주림을 낳고
항구엔 배를 묶어 두고
195 사람을 헤매게 하고* 배들과 밧줄을 아끼지 않으니
바람에 시간이 곱절로 늘어나
짓이겨진 아르고스의 꽃들이 시들어 버렸구나.
예언자가 아르테미스를
원인으로 내세우며
200 두 지휘관에게 매서운 폭풍에 대한
다른 치료책을 새된 소리로 말하자,
너무 심각한 것이라
아트레우스의 두 아들은 단장으로 땅을 치며
눈물을 억제하지 못했다네.

연장자 왕이 소리 내어 이렇게 말했다네.　　　　　　　(우 4)

"복종하지 않으려 하니 심히 괴롭구나.　　　　　　　　　206

집안의 자랑거리, 딸아이를

도살한다면 이 또한 괴로운 일.

제단 옆에서 아비의 손을

딸아이가 흘린 피로 더럽힌다면　　　　　　　　　　　　210

두 가지 중 무엇이 재앙을 피할 수 있을까?

내 어찌 동맹을 저버리고

선단을 떠날 수 있겠는가?

바람 재우는 희생 제물과

처녀 흘린 피를 격렬하게　　　　　　　　　　　　　　　215

사내가 욕망하는 것은 당연한 법.*

일이 모두 잘되길 바라니까."

아가멤논이 고개 숙여 강제의 굴레를 쓰자　　　　　　(좌 5)

마음의 바람은 불경하고 부정 타고

성스럽지 못한 방향으로 불어 그때부터　　　　　　　　220

온갖 무모한 짓 생각하는 마음으로 바뀌었으니.

무자비한 착란(錯亂)이 수치스러운 계획으로

사람을 대담하게 하다니,

재앙의 시작이로다.

감히 제 딸을 희생 제물로 바치려 하다니.　　　　　　225

한 여자 위해 전쟁을 일으켜 도움을 주고

선단 출항 전 의식을 거행하려고.*

그녀의 기도도 아버지 부르는 소리도 　　　　　　　(우 5)
처녀의 젊음도, 호전적인 지휘관들은
230　아랑곳 않고 기도 마치자
아버지는 시종들에게 명령했으니,
이피게네이아가 아버지의 옷자락을 붙잡고 쓰러지자
마치 암염소인 양 제단 위에
몸을 굽힌 채로
235　힘껏 잡아 올리라고,
그녀의 아름다운 얼굴과 입술을 경계하여
가문에 퍼붓는 저주의 소리를 막으라고,*

강제로, 조용한 굴레의 힘으로 하라고. 　　　　　(좌 6)
사프란으로 염색한 옷을 바닥에 늘어뜨리며
240　두 눈에선 동정 바라는 시선으로
이피게네이아는 살육자 각각을 쏘아보았네.
마치 한 폭의 그림처럼 돋보이며
누군가에게 말 걸려 하는데,
때때로 아버지의 만찬 자리에서
245　정결한 목소리를 가진 처녀로
세 번째 제주와 함께, 사랑하는 아버지를 위해
행복 축원하는 노래를 사랑스럽게 불렀으니.

다음 일은 보지 못했고 말할 수도 없구나.   (우 6)

하나 칼카스의 신묘한 예언은 반드시 이루어지는 법.

정의의 여신이 저울을 기울이시니, 고통을 통해 배우게 되리라.*   250

미래 일은 일어나게 되면

알게 되리라. 하지만 그때까진 놔두어라.

그건 미리 한탄하는 일이니.

모든 것은 새벽 햇살이 비칠 때 또렷이 나타나리라.

앞으로의 일은 좋은 결과 있기를.   255

여기 가장 가까운, 아피아 땅*의

유일한 성채, 클뤼타이메스트라께서 바라시니.*

(클뤼타이메스트라가 궁전 대문 앞에 나타난다.)

코러스   왔습니다, 클뤼타이메스트라여, 당신의 권력을

존중하나이다. 사내의 왕좌가 비어 있을 때

왕후를 공경하는 일은 올바르니까요.   260

무슨 기쁜 소식을 들으시고, 아니면 그런 소식을 듣지 못해

좋은 소식을 희망하며 제사를 올리시는 겁니까?

기쁜 마음으로 듣고 싶으나 침묵하셔도 유감은 없습니다.

클뤼타이메스트라   좋은 소식이에요. 속담이 말하듯,

어머니 밤의 자궁에서 새벽이 태어난다죠.   265

듣고 싶은 희망보다 더 커다란 기쁨을 알게 될 거예요.

아르고스인들이 프리아모스의 도시를 포획했으니까.

코러스 무슨 말씀인가요? 믿기지 않아 당신 말이 달아났습니다.

클뤼타이메스트라 트로이아가 아카이아인들의 수중에 있다고. 내 말 분명한가요?

270 **코러스** 기쁨이 살며시 기어 들어와 눈물을 불러내는군요.

클뤼타이메스트라 그래요. 그대 두 눈이 충성심을 보여 주는군요.

코러스 무엇이 믿게 했나요? 그 증거를 가지고 계신지요?

클뤼타이메스트라 당연하지요. 어떤 신에게 속지 않았다면.

코러스 꿈에 보인 환영을 존중하시니, 그게 믿을 만하다는 거가요?

275 **클뤼타이메스트라** 잠자는 정신이 만든 환상 따윈 믿지 않습니다.

코러스 무슨 깃털도 없는 소문 따위에 그리 대담해지신 건가요?

클뤼타이메스트라 내가 뭐 어린아이라도 되듯 내 지력을 얕보는 거요?

코러스 실제로 어느 시간에 도시가 정복되었다는 건가요?

클뤼타이메스트라 이 밤에, 방금 전 그게 이 빛을 낳은 것이오.

280 **코러스** 대체 무슨 전령이 그리도 빨리 도착한단 말인가요?

클뤼타이메스트라

　헤파이스토스요.* 이다 산에서 밝은 불길을 보냈소.

　봉화가 급사 같은 불로 이곳 봉화에게 보냈으니,

　이다 산이 렘노스 섬의 헤르메스 산정으로 말이오.

　이 섬에서, 아토스에 있는 제우스의 가파른 정상이

285　세 번째로 강력한 횃불을 이어받았소.

286　여행하는 횃불의 힘이 훌쩍 뛰어넘고

287　바다의 등을 건너서, 〈신의 마음에〉* 흡족하게

　〈불꽃을 안내하여 하늘 가까이로 올리더니

페파레토스 섬에 도착했소. 다시 불타오른〉

소나무 횃불은 무슨 태양인 양 황금 불길을 던지며 288

마키스토스*의 망루에 소식을 전했소. 289

마키스토스는 조금도 꾸물대지 않았으니, 부주의하게 290

잠에 굴복해 전령의 의무를 게을리하지 않은 것이오.

봉화 불빛은 멀리서 에우리포스의 바다를 넘어

멧사피오스*의 파수꾼들에게 신호를 보내며 도착했소.

그들은 불로 화답했는데, 연로한 헤더 야생화 더미에

불을 놓아 계속해서 소식을 전달한 것이오. 295

횃불은 힘이 있고 아직까진 흐릿하지 않아서

빛나는 달처럼 아소포스*의 평원을 뛰어넘고

키타이론의 산정을 향해 달려서는

불의 전령을 다시 받으라고 일깨워 주었소.

멀리서 보내온 빛은 파수꾼이 거절하지 않고 300

명령보다 더 많은 불을 붙였소.

빛은 고르고 눈 같은 호수를 넘어 덮쳤고

염소들이 싸대는 산*에 도달해서는

불의 규약을 어기지 말라고 요구했소.

사람들은 힘을 아끼지 않고 불을 붙여 305

긴 수염 달린 불을 보냈고, 그게 불타오르며

사로니스 해협을 굽어보는 곳*을 넘어 지나갔소.

이후 아래로 돌진하여 우리 도시와 인접한 망루,

아라크네의 정상에 도달했고 다음으로 여기

310 아트레우스의 두 아들의 집으로 내려왔으니

이 빛은 이다 산에서 붙은 불에서 직접 유래한 것이오.

한 봉화가 다른 봉화로 이어져 모두가 채워졌으니

이것이 내가 정한 봉화 주자들*의 규칙이라오.

첫 주자와 마지막 주자 모두 승리를 거머쥔 셈.*

315 이러한 증거와 징표를 그대에게 말하는 거요.

부군께서 트로이아에서 내게 전달한 것이니까.

코러스 마님, 신들께 다시 기도드립니다.

당신 말씀대로 처음부터 끝까지

다시 듣고 그 말에 또다시 감탄하고 싶습니다.

320 **클뤼타이메스트라** 이날 트로이아를 아카이아인들이 가졌소.

내 생각으론 도시에 함성과 울음이 섞이지 않아 또렷이

들릴 거요. 식초와 기름을 같은 용기에 섞으면

둘이 서로 친하지 않아 불화한다고 그대는 말하리라.

정복한 자와 정복된 자의 소리를 구분하여

325 들을 수 있으니, 그들 운수가 두 겹이라 그렇소.

한편 사람들은 남편과 형제의 시신들과,

아이들은 양육자 노인의 시신들 주위에 쓰러져

더 이상 자유롭지 못한 목을 쓰며

사랑하는 이의 죽음을 애도하고 있소.

330 반면 다른 이들은 전쟁 후 밤새 떠돌아다녀 쌓인

노고로 주린 배 움켜잡고는, 도시가 차려 놓은

아침 식사 앞에 배정되었소. 차례의 기준도 없이

저마다 행운의 제비를 뽑은 것이오.

그들은 창으로 잡은 트로이아의 집집마다

이미 거주하고 있고, 노천의 서리와 335

이슬에서 벗어나 행복한 사람처럼

온밤 동안 파수꾼 없이 잠을 잘 것이오.

한데 만약 도시를 수호하는 정복된 땅의

신들과 그들 성소를 경배한다면

정복하고, 다시 정복되는 일은 없을 겁니다. 340

이익에 정복돼 약탈해선 안 되는 걸 약탈하려는

욕망이 먼저 군대를 사로잡지 않을까 두렵소.

집을 향해 귀향하는 구원이 남아 있고 이중 경주로에서

또 다른 절반을 돌아 방향을 돌려야 하니까.

신들에게 죄를 범하지 않고 군대가 돌아온다면, 345

망자들의 고통이 깨어나더라도 〈잠자게 되니 346

더 이상 피해가 없다는 걸 알 수 있을 거요,〉*

돌연 뜻밖의 다른 재앙이 일어나지 않으면. 347

이처럼 내가 여자로서 그대에게 말했소이다.

모두가 보기에 좋은 뜻이 의심 없이 우세하기를!

많은 축복들 가운데 이것을 누리기로 선택했으니까요.* 350

코러스 마님, 현명한 남자처럼 지혜롭게 말씀하셨습니다.

소인은 당신의 믿음직한 증거를 들었으니

신들에게 좋은 말을 건넬 작정입니다.

노고에 대한 보답으로 큰 상을 받았으니까요.

(클뤼타이메스트라가 궁전 안으로 퇴장한다.)

355 제우스 왕이시여,

위대한 영광 누리는 친근한 밤이시여,

당신은 그물을 던져

트로이아 성벽을 덮어 버렸으니,

어른은 물론 어떤 어린이도

360 모두 잡는 파멸의 그물,

노예 삼는 강력한 그물을 뛰어넘지 못했구나.

환대의 법 보호하시고 이런 일 성취하신

강력한 제우스 신을 경외하나이다.

오래전 알렉산드로스를 활로 겨누어

365 화살을 쏘시며 과녁에 못 미치거나

별들 너머로 날아가지 않게 하셨도다.

제우스의 일격을 말할 수 있으리라.   (좌 1)

적어도 그 원인을 추적할 수 있으니

제우스가 이루려 하신 대로 하셨거늘.

370 불가침 성물의 우아함을 짓밟는 자를

신들이 유념하지 않는다고 하여

그렇게 말하는 자, 경건하지 못하구나.

감히 불법 저지르는 자의 후손에겐
재앙이 찾아오는 법,
그들이 도를 넘어 의기양양 뽐내고 375
집의 재산이 너무 넘쳐 나
최선의 상태를 넘어설 제
부귀영화가
해로움이 되지 않게 하라,
양식 있는 자가 만족하도록. 380
정의의 여신의 위대한 제단을
발로 걷어차 사라지게 하는 자에게
부귀영화는
포만을 막는 방벽이 되지 못하네.*

무자비한 설득이 강요하니 (우 1)
설득은 미리 계획하는 파멸의 386
견딜 수 없는 자식이거늘.*
모든 치유책이 허사로구나.
재앙은 숨지 않고
무섭게 눈부신 빛으로 또렷이 보이는구나. 390
불순한 청동인 양* 문지르고 두들기면,
법으로 처벌받을 때처럼*
검은 오점이 드러나는 법.
한 아이가 날개 치는 새를 뒤쫓아*

395　　도시에 견딜 수 없는 해악을 끼쳤으니*

어느 신도

그의 탄원을 들으려 하지 않고

그런 짓에 연루돼 불의한 인간을 멸하시리라.

파리스도 그런 인간이로다,

400　　아트레우스 두 아들의 집에

초대받아 와서는 남의 부인을 도둑질하여

환대의 식탁을 더럽혔으니.

헬레네는 시민들에게, 용사가　　　　　　　　(좌 2)

405　　매복 서고 선원이 무장하는 노고를 남겨 놓고

일리온에는 지참금 대신 멸망을 주었으니,

해선 안 될 짓 저지르며 사뿐히 대문 넘어 갔구나.

수없이 탄식하며 집 안 예언자들이 말했다네.

"*이오(iō), 이오(iō), 집이여, 집이여, 통치자들이여,*

410　　*이오(iō), 침대여, 남편 사랑한 흔적들이여,**

불명예스러워

비난하지도 기도하지도 않는

버려진 자들을 볼 수 있구나.

바다 너머 여자를 그리워하니

415　　망령이 집 안을 지배하는 것 같네.

아름다운 조각상들*이 매력을 뿜어내나

남편 메넬라오스는 증오할 따름이라

조각들엔 빛나는 눈이 없으니

요염이 모두 사라져 버렸다네.

애절한 헛것이 꿈에 나타나 (우 2) 420

공허한 기쁨을 주나,

환영이란 걸, 헛되이도, 좋다 여기며 바라보나

양손에서 사라져 버려 더는 잠의 길 위로

날개 치며 뒤따르지 않으니." 425

그렇게 슬픔이

집의 화롯가에 깃들고,

아니, 이보다 더한 슬픔 있어라.

헬라스 땅 떠나 원정 간 자들의

모든 집엔 마음을 굳게 닫고 430

애도 않는 모습이 두드러지네.

그건 어쨌든 간장을 깊숙이 찌르는 일.

원정 떠난 이들 잘 알고 있는데,

사람 대신

단지와 유골이 435

각자의 집에 도착하는구나.

환전상 아레스*는 시체 받고 재를 주듯 (좌 3)

창들의 싸움에 저울을 들고는

트로이아에서 태운 무거운 재*를 440

사랑하는 가족에게 보내

크게 통곡하게 하네,

정리 쉬운 단지를

사람 대신 재로 가득 채웠으니.

445 사람들은 애도하며 이 사람은

노련한 용사였다 칭찬하고

저 사람은 도살되어 용감히 전사했다고……

다른 사내의 아내 탓에!

이렇게 낮은 목소리 외치니

450 주요 소송인* 아트레우스의 두 아들에게

반감 뒤섞인 비탄이 다가가노라.

그러나 다른 이들, 꼴좋게도

트로이아 성벽 주위

무덤을 차지하니,

455 적의 땅이 정복자를 덮어 버렸구나.

분노한 시민의 말은 위험하고   (우 3)

공적 저주가 지운 빚은 갚아야 하는 법.

밤이 감춘 뭔가를 듣고자 기다리니*

460 나로선 걱정이 앞서네.

학살 자행한 자를 신들께선

눈으로 놓치는 법이 없어

검은 상복 입은 복수의 여신들이

정의 없이 번영 누리는 자의

운명을 바꾸고 인생을   465

마모시켜 쇠약하게 하는구나.

망자의 땅에 가도

막을 방도가 없다네.*

지나친 칭찬은 위험한 법이라,

제우스의 두 눈에서 번개를 맞게 되나니.   470

질투 없는 번영을 원하노라.

도시의 정복자 되고 싶지 않고

다른 이에게 정복되어 파멸한

내 인생을 보고 싶지도 않노라.

봉홧불이 서둘러 좋은 소식   (종가)

전하여 소문이 빠르게 도시에   476

두루 퍼졌구나. 한데 그 소식이 정말인지

누가 알랴? 신이 보낸 속임수일까?

그리 유치하고 정신 나간 자, 누구란 말인가?*

봉홧불이 전한 새 소식에   480

마음이 불타올랐다가,

말이 바뀌면 시들어 버리니.

여자의 창끝이 지배하는 곳에선

상황이 밝혀지기도 전에 감사를 표하는 법.

여자의 법령은 너무 설득력 있고 빠르게 달려   485

널리 퍼지나, 여자가 퍼뜨린 소문은

쉽게 죽어 사라져 버린다네.*

빛나는 횃불과 봉화 신호와

490a 불의 전달이 진실인지 아니면

490b 꿈처럼 기쁜 빛으로 와서는

우리 정신을 속였는지 곧 알게 될 것이오.

올리브 가지로 머리 장식한 전령*이

해안에서 다가오는 게 보이는군.

진흙과 이웃이자 자매인

495 목마른 먼지가 내게 증언하고 있으니까.

전령이 벙어리도 아니거니와 산속 나무로 불꽃 피워

불의 연기로 신호를 보내지도 않고

분명한 말로 알려 우리를 기쁘게 할 것이오.

하지만 그와 반대되는 말은 싫소이다.

500 이미 나타난 좋은 소식에 좋은 소식이 더해지길.

이 도시에 다른 걸 기원하는 자, 누구든

제 마음이 뿌린 죄악의 열매를 거두게 되리라.

(전령이 등장해 무릎을 꿇고 땅에 입을 맞춘다.)

전령 오, 선조의 땅이여, 아르고스의 대지여,

10년이 지난 오늘, 이날 그대에게 도착했구나!

많은 희망이 부서졌으나 하나는 붙잡은 것이다.   505

여기 아르고스 땅에 죽어서 가장 사랑하는

가족과 함께 매장되리라 소리친 적 없었으니까.

이제는, 대지여, 햇빛이여, 인사를 드립니다.

이 땅의 최고신 제우스 신이시여, 퓌토이 왕이시여

더 이상 우리를 겨냥해 활 쏘지 마십시오.   510

스카만드로스 강가에서 실컷 적대하셨으니* 이제는 다시

구원자 되시어 질병을 고쳐 주소서, 아폴론 왕이시여.

그리고 회의에 모인 모든 신들도 부르나이다.

누구보다도 내 직무의 보호자이며, 전령들이

경배하는 전령 헤르메스 신을 부르나이다.   515

우리를 보냈던 영웅들이여, 전쟁에서 살아남은

군대를 호의로 다시 받아 주소서.

이오(iō), 궁전들, 왕들의 사랑하는 집들이여,

위엄 어린 왕좌들, 태양 마주한 신들이여,*

전에도 그랬듯이 그렇게 빛나는 눈으로   520

오랜 시간 지나 돌아온 왕을 격식대로 맞이해 주소서.

한밤중 당신들은 물론 여기 모두를 위해

밝은 빛을 던지며 도착하셨도다, 아가멤논 왕께서.

자, 왕을 반갑게 영접하시오. 그에 합당한 일이니까.

심판자 제우스의 곡괭이로 트로이아를 파내셨으니   525

그걸로 땅바닥을 철저하게 작업한 셈이오.

{제단들과 신들의 처소들이 사라지고}

땅 전체의 종자들도 파괴되어 버렸소.

그런 멍에를 트로이아의 목에 던지고 나서

530 행복한 인간으로 아트레우스의 아들, 연장자 왕께서

돌아오셨으니, 산 자들 가운데 가장 존경받아

마땅한 분이시오. 파리스와 그의 공범자 도시도 큰소리치지

못할 거요, 범한 행동이 당한 고통보다 더 의미 있다고.

그 작자는 유괴와 절도로* 유죄 판결을 받아

535 제 노획물을 잃고는, 국토와 함께 선조의 집을

낫으로 베어 넘어뜨려 망하게 했소. 프리아모스 가족은

죄를 짓고 곱절로 대가를 치른 것이오.

코러스 안녕하시오, 아카이아 군대의 전령이여.

전령 안녕하시오. 신들 앞에서 죽더라도 이젠 더 거절하지 않겠소.

540 **코러스** 조국 땅이 그리워 고통에 헐벗은 것이오?

전령 그렇습니다. 기뻐서 눈에 눈물이 고일 정도니까요.

코러스 그러면 그대에게 닥친 질병은 달콤한 것이군요.

전령 어째서요? 알게 되면 그 말의 주인이 될 것이오.

코러스 그대는 그대 그리움에 보답한 자들을 그리워한 셈.

545 **전령** 군대가 이 땅을 그리워하며 이 땅이 군대를 그리워했다고?

코러스 어두운 마음에 얼마나 많이 탄식했는지 모르오.

전령 어디서 그런 침울한 고통이 백성들에게 닥친 것이오?

코러스 오랫동안 침묵하며 침묵을 해악의 치료약으로 삼았소.

전령 어째선가요? 주인이 떠난 동안 누굴 그리 두려워하는 거요?

550 **코러스** 그래서 그대 말마따나 지금은 죽음조차 큰 축복이라오.*

34

전령 그 일은 실현되었으니까요. 이와 관련해

오랜 세월 흘러 어떤 일은 잘되었으나 어떤 일은

비난받아 마땅하다고 말할 것이오. 신들을 제외하곤

사는 동안 그 누가 고통에서 벗어나 있단 말이오?

우리 고생에 대해 말하리다. 불편한 숙박과,   555

〈에게 해를 항해하며 힘들었던〉 배의 좁은 통로와 열악한

잠자리 말이오. 탄식하지 않은 게 무엇이고 낮 동안

고생의 몫으로 받지 않은 게 뭐가 있을까?

육지에선 훨씬 더 혐오스러운 일이 더해졌는데

잠자리는 적들의 성벽에 기대어 있었고, 이슬은   560

하늘과 초지에서 내리고 올라와 우릴 계속 흠뻑 적셨으니

견고한 해악 벌레들이 의복의 올에 득실거리게 하고

새들 잡는 겨울에 대해 말하자면

이다 산의 눈은 참기 힘든 겨울을 가져왔고[*]

또 열기가 찾아왔는데, 바다가 잔잔한 정오의 침대에 빠져   565

파도를 일으키지 않고 잠을 잘 때 말이오.

뭣 때문에 이렇듯 한탄해야 한단 말이오?

고생은 지나가 버렸고, 지나갔으니 망자들은

기상하는 일조차도 더 이상 신경 쓰지 않소.   569

그러나 우리 아르고스 군대의 생존자들에겐   573[*]

이득이 우세하여 고통이 더는 균형을 맞추지 않는구려.   574

왜 죽은 자들을 조약돌로 헤아리고   570

왜 산 자가 앙심 품은 운명에 고통을 받아야 하오?

572 정말이지, 큰 사건엔 크게 기뻐하는 게 옳다 하겠소.

〈지금 원정군은 극찬받게 되리라 장담하오.〉*

575 그래서 바다와 육지 위로 날아다니듯

이런 태양 빛 아래 마음껏 뽐내는 게 옳소이다.

〈세월 지나 우리 용맹의 기념물을 보고는 누군가 말하겠죠.〉

"그 옛날 아르고스 군대가 트로이아를 정복하고

그 전리품을 헬라스 전역 신들의 제단에

못질하여 바쳤다고 하지, 오래된 자랑거리야!"

580 이런 말 들었으니 이 도시와 지휘관을 칭찬하고

이런 일 성취하신 제우스의 은혜를 영광되게 하시오.

내 말을 모두 들었소이다.

코러스 그대 말에 압도되었소! 부정하지 않으리다.

노인들에겐 잘 배우는 일이 항상 젊은 것이니.

585 이런 일은 왕가와 클뤼타이메스트라가 관심을 갖는 게

가장 적당하겠지. 물론 나도 이익을 보겠지만 말이오.

(클뤼타이메스트라가 등장한다.)

클뤼타이메스트라 너무 기뻐 큰 소리로 외쳤어요, 이미 오래전에.

밤의 첫 번째 전령으로 봉홧불의 신호가 와서

트로이아의 함락과 파괴를 알렸을 때 말이에요.

590 그러자 어떤 이가 날 꾸짖으며 이렇게 말했죠.

"봉홧불 파수꾼에게 설득되어 지금 트로이아의 함락을

믿는 거요? 마음 들썩거리다니, 정말 여자에게나 어울리는구려."

이런 말로 내가 정신 나간 여자로 보인 거죠.

그럼에도 난 제사를 지냈고, 여자의 관습에 따라

도시 전역 여기저기서 여자들이 상서롭게 595

승리를 크게 외치기 시작했고 신전에선

좋은 향 풍기며 제물 잡아먹는 불길을 장식했어요.

한데 지금 그와 관련해 그대가 내게 무슨 할 말이 있을까?

왕 곁에서 직접 모든 말을 듣게 될 것이오.

내 존경하는 남편이 다시 돌아오시니 600

가능한 한 최선을 다해 영접하려고 서두를 것이오.

여자가 바라보기에 이보다 더 기쁜 빛이 어디 있겠어요?

신이 구원한 군대에서 남편이 돌아와

문을 열어 주는 것 말이에요. 이 말을 남편에게 알려 주세요.

그분을 욕망하는 도시로 가능한 한 빨리 오시라고. 605

그분이 떠났을 때와 마찬가지로 궁전에선

정숙한 아내를 보게 되실 거라고, 그분에겐 충성하고

악의 품은 자는 적대하는 집 지키는 암캐를.

다른 모든 일에도 마찬가지로 충성하고

오랜 시간 흘렀으나 정조의 봉인*을 뜯지 않았다고. 610

마치 쇠를 담금질하는 법*을 알지 못하듯

다른 사내가 준 쾌락도, 비난받을 소문도 알지 못하니

이런 말로 자랑하는 거랍니다. 진실로 가득하니

이렇게 고귀한 여인이 말하는 것은 수치가 아니죠. 614

(클뤼타이메스트라가 퇴장한다.)

615 **코러스** 그녀가 그렇게 말했지만, 냉철한 해석자의 도움으로
        그 말을 이해한다면, 그건 아주 그럴싸한 말이라오.*
        한데 전령이여, 말해 주시오. 메넬라오스에 대해 알고 싶소.
        그분이 무사히 귀향하여 당신들과 함께 도착했는지,
        그는 이 나라의 소중한 권력이니 말이오.

620 **전령** 거짓을 좋게 보이도록 말하는 방법이란 없소.
        그런 열매를 친구들이 오랫동안 즐길 수 없을 테니.

      코러스 대체 어찌 좋은 소식 알리며 진실을 말한단 말이오?
        둘을 떼어 내 분리하면 그 차이를 숨기는 것은 쉽지 않을 거요.

      전령 그 남자는 아카이아인들의 선단에서 사라져 버렸소.

625   그분 자신과 배 모두가,* 거짓말하는 게 아니오.

      코러스 그분이 일리온에서 출항하는 게 눈에 띄었소?
        아니면 공동의 걱정거리 폭풍이 선단에서 그를 잡아챘소?

      전령 탁월한 궁수처럼 정곡을 찔렀소이다.
        재앙의 긴 목록을 딱 잘라서 표현하다니.

630 **코러스** 그분이 살아 계시든 죽으셨든,
        다른 선원들이 그런 소문을 전한 것이오?

      전령 아무도 없소, 확실한 정보를 줄 만큼 아는 자는,
        대지 위 생명을 양육하는 태양이 아니라면.

      코러스 그러면 말해 주겠소? 폭풍이 신들의 분노로 생겨나
635   어떻게 군대의 선단을 덮치고 나서 소멸되었는지를.

전령 길한 날을 불행한 소식으로 더럽히는 건 적절하지 않소.

그런 소식은 신들에게 돌아갈 명예와 어울리지 않으니까.*

전령이 슬픈 낯빛을 하고 군대의 몰락에 대한

혐오스러운 불행을 도시에 전달할 때,

도시의 백성 모두 똑같은 상처를 입고,   640

많은 사내들이, 아레스의 사랑받는 채찍을 맞아

집에서 쫓겨나 희생 제물*이 되고 말았으니,

두 갈래의 파멸, 한 쌍의 피투성이 경주마라 하겠소.

이런 고통의 짐을 짊어진 자는 복수의 여신들에게

치유의 노래*를 부르는 게 더 맞소이다.   645

그러나 구원을 말하는 좋은 소식을 가지고

도착해서는, 도시가 성공에 기뻐할 때

어찌 좋은 것에 나쁜 것을 섞을 수 있겠소?

신들의 분노로 아카이아인들에게 폭풍이 일어났다고.

전에는 서로 적대적이던 불과 바다가   650

함께 음모를 꾸미고 아르고스인들의

불행한 군대를 파괴하여 그들의 맹약을 입증했던 거요.

밤중에 폭풍 치는 바다에서 재앙이 일어났고   653

트라키아에서 불어온 바람은 번개와 회오리바람과,   655

비를 동반한 돌풍과 함께 배들을 서로 부딪치게 하여*   654

산산조각을 내고, 배들은 폭풍의 뿔에 찔리고

고약한 목동 탓에 어지러이 맴돌더니* 사라져 보이지 않았소.

다시 태양의 환한 빛이 떠올랐을 때는

에게 해가 아카이아인들의 시체와

660

배의 잔해들로 활짝 꽃피운 것을 보았소.

그러나 우리와 배, 선체 상하지 않은 배는

누군가가, 아니 인간 아닌 어떤 신께서

키 자루에 손을 대 훔치거나 사정하여 빼냈는데,

다시 말해, 구원자 행운의 여신께서 호의를 갖고

665

우리 배에 앉아 계셨던 것이오. 그래서 배는 파도의 폭풍에

먹히지도 않고 바위 많은 땅을 향해 달리지도 않았소.

그러고 나서 하데스의 바다를 피해 벗어난 후

눈부시게 하얀 날이 찾아왔으나, 행운을 믿지 않고

걱정하며, 선단이 고초를 겪고 심하게 부서졌으니

670

마치 양 떼 돌보듯 새로운 재난이 닥칠까 곰곰이 생각했소.

지금 이 순간, 그들 중 누가 살아 숨 쉬고 있다면

우리가 죽었다고 말할 것이오. 그건 당연하지.

반면 우린 그들이 그런 상황에 처했다고 생각할 거요.

그럼 일이 잘되길 바라오. 그러하니 메넬라오스가

675

첫 번째로 가장 무사히 도착하리라 기대하시오.

만약 어느 태양 빛이 탐문하여,

아직 가문을 멸하지 않은 제우스의 계획으로

메넬라오스가 살아 건강하단 사실을 안다면

이 궁전에 그가 다시 돌아오리란 희망이 남아 있소.

680

이런 이야기 들었으니 진실을 들었다고 여기시게나.

(전령은 자신이 왔던 길로 다시 출발한다.)

코러스   이렇듯 딱 어울리는 이름 지은 자   (좌 1)
    누구인가? 보이지 않는 어떤 존재가
    정해진 운명에 대한 예지로   685
    정확한 언어를 구사한 건 아닐까?
    창으로 얻는 신부, 주위가 서로 싸우게 하는 여자를
    헬레네라 이름 지은 것이니. 그 이름 걸맞게
    배 잡고 사내 잡고 도시 잡는 여자*는   690
    정교하게 짜인 침대의 장막*에서 나와
    강력한 서풍*의 입김을 받아 항해했고
    노가 때렸으나 보이지 않는 흔적을
    많은 사내와 방패 든 사냥꾼이 쫓았으나,
    시모이스 강의 나뭇잎 무성한 기슭에   695
    파리스와 헬레네는 배를 끌어 놓았구나.
    피투성이 불화의 여신*이
    일어나게 한 일이라네.

    제 뜻 이루는 분노의 여신은 일리온을 위해   (우 1)
    비탄*에 어울리는 결혼식을 주선하셨네.   701
    주인의 식탁을 더럽히고
    화롯가 신 제우스를 모욕한 일로,
    신부 위해 축가 열창한 자들을   705

나중에라도 응징하셨으니.

당시 그녀가 신랑 친척을 부추겨

결혼 축가를 부르게 하였으나

이제는 프리아모스의 늙은 도시가

710   뒤늦게 비통한 노래임을 알고

파리스를 사악한 결혼 한 자, 라 부르며

크게 탄식했다네.

저 가엾은 유혈을 견디고 나자

715   시민의 삶은 눈물 가득 찬 파멸,

완전한 파멸로 바뀌었구나.

집에서 어떤 이가 사자 새끼를   (좌 2)

길렀으니 젖을 뗐으나

아직 어미젖 갈망하는 사자 새끼는

720   성인식 치르기 전엔

온순하고 아이들 사랑 듬뿍 받고

노인에겐 기쁨이라,

녀석은 젖먹이인 양

자주 아버지 품에 안겨

725   환한 얼굴로 그의 손을 쳐다보고

배고프자 꼬리 치듯 아양을 떨었구나.

시간이 지나 사자 새끼는   (우 2)

부모가 물려준 성질을 드러냈구나.

길러 준 부모에게 보답하려

양을 무자비하게 도륙하여 730

요청받지도 않은 잔칫상을 차렸으니

집은 피로 더럽히고

가족에겐 맞설 수 없는 고통을 안겼다네.

많은 자를 도살한 엄청난 재앙!

신이 정한 대로 그 작자는 735

집에서 파멸의 사제*로 자랐구나.

일리온의 도시에 (좌 3)

바람 없는 바다의

잔잔한 성질이 왔다고 말하리.

헬레네가 740

부(富)의 보드라운 장식,

눈에서 발사한 따가운 화살,

영혼 찌르는 애욕의 꽃이라고.

하지만 길에서 벗어나

쓰디쓴 결혼의 종말을 낳고 745

환대의 신 제우스의 호송을 받아

사악한 거주자이며 사악한 동반자로

프리아모스 가족에게 갔으니,

신부들 울리는* 복수의 여신이로다.

회자되는 오랜 격언 있으니,　　　　　　　　　(우 3)

인간 번영이 크게 성장하면

자식을 낳고

자식 없인 죽지 않으니

가족의 좋은 행운에서

755　물리지 않는 재앙이

자라나게 한다고 하네.

그러나 다른 이들과 달리

나만의 생각 있노라.

불경한 짓은 이후 더 많은 자식을 낳아

760　이들이 그들 부모와 닮기 마련이나,

정의의 올바른 길 가는 집에선

항상 아름다운 자식, 행운이 태어난다네.

오랜 휘브리스(hybris)는　　　　　　　　　　(좌 4)

765　사악한 인간들 가운데

젊고 혈기 넘친 휘브리스를 낳기 마련,

언젠가 예정된 탄생의 날이 밝아 올 제,

새로운 증오,

770　싸울 수도 정복할 수도 없는 악령,

집을 검게 물들이는 파멸의

불경한 대담(大膽)은

그들 부모와 닮은꼴이라네.

정의의 여신은 (우 4)

연기 자욱한 집에서 빛을 발하며 775

정의로운 삶을 존중하니

시선을 거두고는,

오염된 손이 더럽힌 금박 거처를 떠나

경건한 처소로 가니

칭찬으로 위조된 부의 권세를 780

존중하지 않고

정해진 끝으로 만사를 이끄네.*

(아가멤논과 캇산드라가 마차를 타고 등장한다. 시종들이 그 뒤를 따른다.)

자, 왕이시여, 트로이아의 정복자시여,

아트레우스의 후손이시여,

당신을 어떻게 불러야 하나이까? 785

당신을 어떻게 경배해야 하나이까?

만족의 과녁을 넘지도 모자라지도 않게 말입니다.

많은 이들이 정의를 위반하며

그럴듯한 걸 더 좋아한답니다.*

누구든 불행한 일 당한 자와 기꺼이 신음하려 하지만 790

물어뜯는 고통이 그의 간장에 닿지는 않는 법.

기쁨을 함께 나누는 듯 가장하고

793   웃지 않는 얼굴에게 웃으라고 강요하며……

795*   제 가축 떼 잘 헤아리는 사람은 누구나

그런 자의 눈을 알아볼 수 있습니다.

그 눈빛이 충성을 가장하지만

그렁그렁한 우정으로 꼬리 친다는 것을.

제 생각엔 당시 헬레네 탓에 원정 가서는

800   — 이를 숨길 수는 없으니까요 —

당신은 보기 싫은 색깔로 침해졌고

정신의 키도 제대로 조종하지 못한 듯합니다.

뻔뻔하고 제멋대로인 〈여잘〉 데려오려고

사람들을 죽게 했으니까요.

805   이제는 날 선 마음이 아니라 호의를 가지고

크게 성취한 자들에게 노고는 달콤하다,

친근하게 말하겠습니다. 시민들 가운데

누가 올바르게 도시를 지키고 누가 부적절한지는

조사해 보시면 당장 아실 겁니다.

810 **아가멤논**   우선 아르고스 땅과 이 땅의 신들에게

말하는 게 옳소이다. 나와 함께, 신들께선 내 귀향과

내가 프리아모스의 도시에서 거둔 보상에 대한

책임을 나누셨기 때문이오. 신들께선 혀를 놀려

답변하는 걸 듣지 않으시고, 사내들 죽음과

815   트로이아 파괴를 위해 만장일치로 유혈의 단지 안에

투표석을 던져 넣으셨으니까.* 맞은편 단지에는

46

희망의 손이 다가갔으나 단지가 채워지진 않았소.
지금도 함락된 도시가 자욱한 연기로 잘 보이는데
파멸의 돌풍이 살아 있고 함께 죽은 재가
부(富)의 진한 연기를 뿜어내고 있으니까.   820
이와 관련해 신들의 호의를 유념하고
신들께 감사해야만 하오. 오만하게 자행된 납치를
징벌했고 한 여자 때문에 도시가
말의 후손 아르고스의 짐승, 트로이아의 목마에게,
플레이아데스 지는 무렵 뛰어오른 창 나르는 군대에게   825
부서져 가루가 되고 말았소.
날고기 먹는 사자가 성벽을 넘어 도약해서는
왕가의 피를 흡족하게 핥은 것이라오.
이러한 전주곡을 신들께 길게 늘였소이다.
(코러스를 향해) 그대의 생각을 들은 걸로 기억하는데   830
나도 같은 생각이고 그대도 내게 동의하고 있소.
행운 누리는 친구를 질투하지 않고
존중하는 본성은 사람들 중 소수만이 타고난 것.
악의를 품은 독이 마음 가까이 앉아
병자의 근심을 두 배로 만들기 때문이지.   835
그자는 자신이 겪는 고통에 짓눌려
다른 자의 성공을 보고는 신음한다오.
잘 알고 있으니 말하리다. 사교의 거울*을
잘 이해하니까. 그림자의 환영,

840 내게 큰 호의를 가진 듯한 자들 말이오.

오뒷세우스만이, 비록 마지못해 항해했으나*

멍에를 쓰자 기꺼이 내 견인마가 되었지.

그가 죽어 있든 살아 있든

말하는 것이오. 도시와 신들에 대한

845 다른 문제들은 공동 집회를 열어

모든 시민들과 의논할 터, 좋은 상태의

일은 그게 오래 잘 유지되도록

숙고해야만 하고 치유 약이 필요한 건

무엇이든 태워 버리거나 도려내어

850 질병의 고통을 막으려고 노력하겠소.

이제는 궁전 안 내 가정의 화덕으로 들어가서는

우신 나를 새촉해 보내시고 다시 돌아오게 하신

신들*에게 고개 숙여 인사할 것이오.

이곳까지 따라온 승리가 언제나 남아 있길!

(아가멤논이 마차에서 내려 궁전 안으로 들어가려 한다. 그때 클뤼타이메스트라가 궁전 대문에서 등장하는데, 그녀 뒤에는 두 하녀가 개켜진 직물을 들고 있다.)

855 **클뤼타이메스트라** 시민 여러분, 여기 아르고스 장로들이여,

여러분께 남편 향한 내 사랑을 말해도

부끄럽지 않아요. 시간이 흐르면 사람이

수줍음을 잃게 되나 봐요. 누가 말하는 게 아니고,

그분께서 트로이아에 계시는 동안 겪은

나 자신의 고통스러운 삶에 대해 말하겠어요.　　　　　　860

우선 악의적인 많은 소문을 들으며

여자가 남편 없이 집에 앉아 있다는 건

정말이지, 놀랄 정도로 불행한 일이랍니다.

한 사람이 도착하고, 다른 사람이 더 불행한

또 다른 불행을 가져와선 집에다 외친답니다.　　　　　　865

만약 여기 이분이, 관을 통해 집에 흘러든

소문만큼 그렇게 많은 상처를 입었다면, 그이

몸에는 그물보다 더 많은 구멍이 숭숭 뚫렸겠죠.

그이가 무성한 소문만큼 죽었다면

두 번째 게뤼온*처럼 몸이 세 개나 되니,　　　　　　870

위엔 흙이 많으나, 아래는 말하지 않겠어요.

제각각의 모습을 하고, 죽을 때마다

세 겹의 흙 망토를 입었다고 뽐냈을 겁니다.

이런 악의적인 소문 탓에, 다른 이들이 날 붙잡고는

공중에 매달린 올가미를 내 목덜미에서,　　　　　　875

그것도 강제로 수도 없이 벗겨 냈답니다.*

(아가멤논을 향해)

그러한 이유로, 아시겠죠, 내 곁에 우리 아이가 없어요.

당신과 내 서약의 보증인, 마땅히 그래야 했으니까요,

오레스테스 말이에요. 놀라지 마세요.

880	호의적인 동맹자 포키스의 스트로피우스*가
	그 아이를 키우고 있는데, 그는 내게
	두 가지 가능한 비극을 경고한 적 있죠.
883a	트로이아에선 당신에게 위험이 닥칠 수 있고,
883b	군중이 들고일어나 원로회를 전복시켜
	무정부 상태가 될 수 있다고. 쓰러진 자를
885	더욱더 짓밟는 것이 인간의 본성이니까요.
	이런 변명은 그 어떤 속임수도 아니랍니다.
	저에게는 눈물 뿜어져 나오는 샘이
	말라 버려 안에는 눈물 한 방울도 없답니다.
	늦게까지 잠 못 들어 두 눈이 상했는데,
890	당신 귀향 전하는 봉홧불 자리가
	항상 주목받지 못해 울고 또 울었고
	모기가 윙윙거리며 가볍게 날갯짓해도
	저는 꿈속에서 깨어났던 거예요.
894a	잠자며 겪는 고통보다 더 많은 고통을
894b	당신이 겪는 걸 보았으니까요.
895	이제는, 이 모든 고통을 견뎌 냈으니 걱정 없이
	여기 이분을, 외양간 지키는 개라고 말하겠어요.
	배를 구하는 철사 밧줄이고,* 높은 지붕을
	지탱하는 기둥이고, 아버지의 외아들이고,
	선원들 앞에 갑자기 모습을 드러낸 육지이고,
900	겨울 폭풍이 지나 밝아 온 가장 아름다운 날이고,

50

목마른 여행자에겐 샘물이라고 말하겠어요.

온갖 종류의 강요를 피하면 그건 즐거운 일이죠.*

이분은 이런 말로 칭찬받을 만한 분이랍니다.

그러나 질투하진 마세요. 우리는 이미 많은 불행을

견뎌 냈으니까요. 자, 당신 내 사랑,   905

당신 마차에서 내리세요. 당신의 발을,

왕이시여, 트로이아의 파괴자시여, 땅에 내려놓지 마세요.

하녀들아, 뭘 그리 꾸물거리느냐?

길바닥에 천*을 펴서 깔라고 명령하지 않았더냐?

당장, 자줏빛으로 물든 길이 생겨나게 하여라.   910

그분을 보리라 기대 못한 집으로 정의의 여신이 인도하시게.

다른 일에 대해선 잠에 굴복하지 않고 곰곰이 생각해 보면

신들의 도움으로 운명이 정한 바를 옳게 정리할 수 있을 겁니다.

아가멤논 레다의 딸이여, 내 집의 파수꾼이여,

나의 부재에 어울리는 연설을 했구려.   915

그대가 길게 늘려 말했으니까. 하지만 적당히

칭찬하게나. 이런 영광은 다른 이가 돌려야 하거늘.

다른 일과 관련해선 여자들의 방식으로

내 비위를 맞추지 말게. 또 이방인처럼

땅바닥에 엎드려 내게 소리 지르지도 말게.*   920

또 옷을 펼쳐 길을 내어 질투를 불러일으키지도 말게나.

그대도 알다시피 그런 옷감으론 신들을 공경해야 마땅한 법.

필멸하는 존재가 그리 현란하고 아름다운 옷을

밟으며 걷는다면 공포가 뒤따르기 마련이니까.

925 인간으로, 신이 아니라, 날 공경하라고 말하는 거요.

신발 닦개와 수놓은 천 없어도 명성이 소리치고 있소.

교만하지 않음이 신이 주신 가장 훌륭한 선물이라오.

모두가 바라는 번영 가운데

삶을 끝낸 사람만이 행복하다 하리라.

930 모든 면에서 그리하면 난 두려움이 없소이다.

클뤼타이메스트라 한데 당신 생각과 달리, 저에겐 그리 말하지 마세요.

아가멤논 내 생각을 알아두게나, 거짓으로 꾸미는 게 아니란 걸.

클뤼타이메스트라 두려운 순간에도 그리하겠다고* 신들께 맹세하셨거늘?*

아가멤논 만약 누가 그 일을 잘 알아서 내 의무로 선언했다면.*

935 **클뤼타이메스트라** 프리아모스가, 당신 생각에, 승리했다면 어찌했겠어요?

아가멤논 그가 현란한 천을 밟고 갔으리라 확신하오.

클뤼타이메스트라 그러면 이젠 사람들 비난 따윈 두려워 마세요.

아가멤논 그럼에도 백성의 말은 정말로 큰 힘이 있소.

클뤼타이메스트라 하지만 시기받지 않는 자는 시기할 만한 가치도 없어요.

940 **아가멤논** 말로 싸우려 들다니, 그건 여자에게 어울리지 않소.

클뤼타이메스트라 행복한 사람에겐 패배하는 것도 어울리죠.

아가멤논 정말 이 말싸움에서 승리하는 게 그리 중요하오?

클뤼타이메스트라 제 말 들으세요. 기꺼이 양보하시면 당신은 승리자세요.

아가멤논 좋소, 그대 마음에 든다면. 그럼 누가 빨리 풀어라,

945 밟고 다닐 때 노예처럼 봉사한 신발을.

내가 이 자줏빛으로 염색된 옷을 밟으며 걸어갈 때

먼 곳에서 어떤 신이 질투의 눈빛을 던지지 않게 하라.

은으로 구입한 직물, 재산을 발로 파괴하여

내 집을 약탈하는 짓은 매우 부끄러운 일이니까.

자, 이 정도로 충분하니 여기 이 이방인 여자는   950

친절하게 대해 주고 데리고 들어가시오. 신은 멀리서

부드럽게 지배하는 자를 호의로 바라보고 계시오.

어느 누구도 나서서 노예의 멍에를 메려 하지 않으니까.

이 여자야말로 많은 재물 가운데 선택한 꽃이자

군대가 준 선물이니 날 따라온 것이오.   955

내가 그대의 말을 듣고 복종했으니

자줏빛 천을 밟고 궁전 안으로 들어가겠소이다.

(아가멤논이 궁전 대문을 향해 천천히 자줏빛 천을 밟고 걸
어간다.)

클뤼타이메스트라   바다가 있어요. 누가 저 바다를 마르게 할까요?

바다는 항상 새롭게 많은 자줏빛 염료를 분출하여 낳으니*

그건 은화의 값어치가 나가고 옷을 염색하기 위한 것이지요.   960

왕이시여, 이런 손실을 신들의 도움으로 만회할 대책이 있고

우리 집은 빈곤이 무엇인지 알지 못한답니다.*

신의 말씀이 우리 가족에게 그렇게 조언했더라면

저는 많은 옷들을 밟겠다고 서약했을 텐데요,

965　이 사내가 살아 돌아오게 온갖 수단을 강구하며 말이죠.

뿌리가 남아 있으니 나뭇잎은 집으로 되돌아와서*

개자리 시리우스별에 맞서며* 집에 그늘을 드리웁니다.

마찬가지로 당신도 집의 화덕에 도착하셨으니

당신의 도착은 한겨울을 덥혀 줄 열기를 뜻하죠.

970　제우스 신이 신 포도로 포도주를 만드실 때*

그때에는 이미 냉기가 집 안에 서려 있고

사내가 주인 노릇 하며 제 집에 왔다 갔다 할 때랍니다.

(아가멤논이 집 안으로 들어가 사라진다. 클뤼타이메스트라
는 하늘을 향해 손을 뻗친다.)

제우스, 제우스, 모두 이루시는 분이시여. 제 기도를 들어주소서.

이루려 하시는 건 무엇이나 진심으로 그렇게 하시라고, 당신
께 비나이다.*

(클뤼타이메스트라가 퇴장한다. 캇산드라는 마차 안에 남아 있다.)

코러스　도대체 왜 이런 공포가　　　　　　　　　　　(좌 1)

976　내 예언의 영혼 앞에

계속 날아다닐까?

누가 시키지도 않고 보수도 없건만

노래로 예언을 다 하다니. 해몽 어려운 꿈처럼

980　퇴짜 놓고 싶으나

내 정신의 자리에는

54

아직도 설득력 있는 확신이 앉아 있지 않네.

시간이 지나가 버렸구나,

해상 군대가

일리온으로 출항할 때 985

고물 밧줄이 배에 실리고

모래가 날아 흩어진 이래로.

두 눈으로 귀향을 보았으니 (우 1)

나 자신이 증인이로다.

하지만 내 정신은 스스로 깨쳐 990

뤼라 반주도 없이* 복수의 여신의 만가(輓歌)를

아직도 부르고 있네.

희망에 대한 소중한 확신 전혀 없으니.

그러나 내 오장육부는 헛되이 말하지 않네.

이내 감정은, 정의 잘 아는 정신 가까이서 995

예언 성취하는 소용돌이에 휘말려

빙빙 돌고 있구나.*

기도하노라! 내 기대와는 달리

이런 일이 실현되지 않고

거짓으로 나타나기를. 1000

건강이 정말 좋더라도 (좌 2)

끝이 있다는 걸 명심하라.

이웃 사는 질병이

경계 벽을 심하게 압박하리니.

1005 인간 운명도 마찬가지로

똑바로 항해하다가 보이지 않는

암초에 부딪히고 만다네.

걱정되어, 재산 일부를 잘 헤아려

밧줄에 매달아 던져 버리면*

1010 집 전체가 지나친 포만으로

가라앉지 않고

배도 바다에 침몰하지 않는다네.

제우스께서 주신 선물이

고랑에서 해마다

1015 풍성하게 넘쳐 나니

기근의 질병을 물리치리라.

사람 앞에 죽음의 검은 피가 (우 2)

땅에 쏟아지고 나면

1020 주술의 힘을 빌려도 누가

쏟아진 피를 되돌릴 수 있단 말인가?

망자 일으키는 비법

잘 아는 아스클레피오스도

제우스 허락 없이 그런 짓 하다가

1025 결국 엄청난 해를 입고 말았다네.*

신들이 정한 하나의 운명이, 더 많은 몫을
다른 운명이 갖지 못하게 막지 못한다면
내 혀보다 먼저 내 영혼이
모든 걸 토해 내리라.
한데 지금은 어둠 속에서　　　　　　　　　　　　　　1030
중얼거리고 슬픈 생각에 잠겨
제때 해결할 희망이 없어라,
그사이 내 영혼은 시나브로 불타오르네.*

(클뤼타이메스트라가 궁전에서 나와, 아직도 마차 안에 앉아
있는 캇산드라에게 말을 건다.)

클뤼타이메스트라　너도 안으로 들어가자, 캇산드라, 너 말이다.　　1035
　　제우스께서 분노 않으시고, 네가 많은 노예들과 함께
　　재산의 보호자 제우스의 제단 주위에 서서
　　이 집의 성수를 함께 나누게 하셨구나.
　　여기 이 마차에서 내려라, 거만하게 굴지 말고.
　　한때 알크메네의 아들 헤라클레스도 팔려 가서는　　　　　1040
　　노예들이나 먹는 보리빵*에 손을 대며 참아 냈다고 하지.*
　　그러하니 이런 운명이 몫으로 떨어져 견뎌야 한다면
　　예부터 부귀영화 누린 주인님을 만난 걸 아주 고맙게
　　여겨야겠지. 반면 뜻밖에 큰 수확 거둔 자는 모든 면에서
　　노예들에게 잔인하고 가혹하다고 하지.　　　　　　　1045*

넌 우리에게 우리 집 관습이 어떤지 정확히 들은 게다.

(캇산드라가 꼼짝하지 않는다.)

코러스　(캇산드라에게) 그대에게 분명히 말하고 이젠 멈추셨구나.
운명이 짠 그물에 잡혔으니* 복종하여라.
복종하려면 말이다. 하나 아마도 복종을 거부하는 것 같네.

(캇산드라는 여전히 꼼짝하지 않는다.)

1050　**클뤼타이메스트라**　그녀가 참새 지저귀듯 이해할 수 없는
이방인의 언어를 갖고 있지 않다면 내 말이
그녀 마음속을 파고들어 설득할 수 있을 텐데.
코러스　이분 말을 따르라. 현 상황에 가장 최선을 말하시니.
이분 말을 듣고 마차 안 그대의 자리에서 일어서라.
1055　**클뤼타이메스트라**　내게는 여기 문밖에서 낭비할
시간이 없다. 한가운데 제단 앞에는 희생 제물인
양들이 이미 서 있고, 이런 기쁨을 누리게
되리라 기대 못한 우리를 위해 말이다.
이런 제사에서 네가 뭐라도 하려면, 여유 부리지 마라.
1060　이해력이 부족해 내 말을 알아듣지 못한다면
말하지 말고 이방인의 손짓으로 보여 주어라.

(캇산드라가 갑자기 일어나더니 마치 뭔가에 홀린 듯 거칠게 몸을 떤다. 하지만 마차의 자리를 떠나려 하지 않는다.)

코러스 이 이방인 여자에겐 명쾌한 통역이 필요해 보입니다.
갓 생포한 야생 짐승처럼 행동하는군요.

클뤼타이메스트라 정말 미쳤어, 병든 정신에 귀 기울이다니.
그녀야말로 새로 정복된 도시를 떠나 도착해서는   1065
아직도 고삐를 견딜 줄 모르는 게야,
주둥이에서 피거품을 쏟아 내기 전에는.
더 많은 말 하다가 모욕을 당하진 않겠어.

(클뤼타이메스트라가 갑자기 몸을 홱 돌려 궁전 안으로 퇴장한다.)

코러스 나는, 동정하니까 분노하지 않을 거다.
자, 가여운 소녀여, 이 마차를 떠나라.   1070
이런 강요에 복종하여 새로운 멍에를 짊어져라.

(마침내 캇산드라가 마차에서 내려 궁전을 향해 걸어간다. 하지만 문 앞에 아폴론의 제단과 기둥을 보자 갑자기 멈춰 선다.)

캇산드라 오토토토토이 포포이 다(*otototototoi popoi da*).   (좌 1)
아폴론, 아폴론!

코러스 왜 그렇게 록시아스*를 부르며 울음을 터뜨리느냐?

1075   아폴론은 비탄과 어울리는 신이 아니란다.

캇산드라 *오토토토토이 포포이 다(ototototoi popoi da).*   (우 1)

아폴론, 아폴론!

코러스 이 여자아이가 불길하게 또 그 신을 부르는구나.

통곡할 때 그분이 계시면, 그건 결코 어울리지 않는데.

캇산드라 아폴론. 아폴론!   (좌 2)

1081   길가의 신*이시여, 나의 파괴자*시여.

날 파괴하셨으니, 어렵지 않게 두 번이나.

코러스 제 불행을 예언하는 것 같은데.

노예의 정신에도 신적 영감이 깃들어 있다니.

캇산드라 아폴론. 아폴론!   (우 2)

1086   길거리의 신이시여, 나의 파괴자시여.

아(a), 도대체 절 어디로 이끄셨나요? 어떤 집으로?

코러스 아트레우스 두 아들의 집으로. 그대가 모른다면

내 그대에게 말해 주겠다. 그게 거짓이라 말하진 못할 게다.

캇산드라 정말로 신들을 증오하는 집으로. 친척이 살해되고 (좌 3)

1091   머리가 잘려 나간 많은 범죄를 잘 아는 집.

사람들이 도륙되어 바닥에 피를 뿌린 장소로구나.

코러스 이 이방인 여자는 개처럼 후각이 예민한 것 같은데.

그들이 살해된 흔적을 추적해 찾아내려 하다니.

캇산드라 이러한 증거들로 확신하니까요.   (우 3)

1096   도살을 비통해하는 아가들이 보이네요.

그들의 구운 고기를 아비가 게걸스레 먹어 치우네요.

코러스   정말로 그대가 예언자로 명성이 높다는 걸

알고 있으나, 우리가 지금 어떤 예언자를 찾는 건 아니지.

캇산드라   *이오 포포이(iō popoi)*, 대체 무슨 계략 꾸미는 거지? (좌 4)

이 무슨 새로운 고통인가?   1101

이 집에선 엄청난 악행, 엄청난 악행을 꾸미고 있어.

가족에겐 견딜 수 없고 치료하기 어려운 것.

이를 막을 힘은 먼 곳에 떨어져 있구나.

코러스   이러한 예언에 대해선 아는 바가 없어.   1105

다른 일은 잘 알지, 온 도시가 떠들고 있으니까.

캇산드라   *이오(iō)*, 불행한 여인이여, 그 짓을 하려는가?   (우 4)

함께 침대 나눈 남편을

욕조에서 깨끗이 씻기고 나서 ─

어찌 최후를 말할 수 있을까?   1110

당장 올 테니까. 잇따라 손을 내밀어 뻗고 있구나.*

코러스   아직도 이해하지 못하겠네. 지금은 신탁에 담긴

애매모호한 수수께낄 듣고 나니 어쩔 줄 모르겠다니까.

캇산드라   *에헤 파파이 파파이(ehe papai papai)*, 이게, 보이는 게 뭐지? (좌 5)

무슨 하데스의 그물인가?   1115

잠자리 나눈 올가미, 살인죄 나눈 올가미,

이 가문에 도사린, 만족 모르는 분쟁의 정령이

돌로 쳐 죽일 이 희생 제물을 두고   1118a

승리의 환호성을 지르게 하라.   1118b

코러스　이건 대체 무슨 복수의 여신인가? 그 여신에게,

1120　이 집에 소리치라 명령하다니. 그런 말 들으니 맥 빠지네.

검은, 노랑물 든, 방울이, 내 마음에 밀려드는구나.

마치 창에 맞아 쓰러질 때 생명의 빛줄기가 때리며

스러지는 것과 똑같구나.

파멸은 순식간에 찾아오는 법.

캇산드라　*아(a) 아(a)*, 보세요. 보세요. 암소로부터 황소를　(우 5)

1126　떼어 놓으세요. 옷으로,

검은 뿔 달린* 계략으로 잡아서는

내리치고 있어요. 물이 가득 찬 욕조 안에서 쓰러져요.

속임수로 살인하는 가마솥에서 일어난 일을 말하는 거예요.

1130　**코러스**　예언을 탁월하게 해석한다고 뽐낼 순 없지만

어떤 불길한 예언처럼 보이는군.

하지만 예언에서 무슨 좋은

소식이 나온 적 있더냐?

예언 노래하는 수다스러운 기술은

1135　불행한 일로 공포를 배우게 하니.

캇산드라　*이오(iō), 이오(iō)*, 이 불쌍한 여자의 불행한 운명이여,　(좌 6)

여기에 내 고통을 쏟아부으며 울부짖고 있답니다.

대체 왜 당신은* 나를, 이 가여운 여자를 이곳으로 이끄셨나요?

함께 죽지 않으면, 아무 이유도 없는데 — 무슨 다른 이유 있을까?

1140　**코러스**　그대는 신들려 제정신이 아니로구나.

자신에 대해 노래 아닌 노래를 부르고 있다니.

무슨 적갈색 나이팅게일처럼

질리지도 않게 울부짖고, *페우(pheu)*, 부모가 저지른

악행으로 가득 찬 삶에 비통한 마음 되어

이튀스, 이튀스, 흐느껴 우는구나.*   1145

캇산드라   *이오(iō), 이오(iō)*, 맑은 목소리 나이팅게일의 죽음이여. (우 6)

신들은 그녀에게 깃털 옷을 입히고

애통할 이유 없는 즐거운 삶을 주셨거늘.

날 기다리고 있구나, 양날 칼에 쪼개지는 일.

코러스   어디서, 어느 신이 격렬하게 그대에게 덤벼들기에   1150

신에게 사로잡혀 이렇듯 헛된 고통을 당하고 있는가?

새된 어조와 함께 불길한 비명 소리 지르며

공포의 노래를 부르고 있느냐?

그대 예언이 재앙을 보여 주며 길을 가다가

어디서 그 이정표를 보았느냐?   1155

캇산드라   *이오(iō)*, 결혼이여, 파리스의 결혼이여!   (좌 7)

가족에게 파멸을 가져다주었구나.

이오(iō), 스카만드로스, 아버님이 마셔 버린 강물이여.

한때 이 불쌍한 사람은 당신의 강가에서 자랐으나

지금은 코퀴토스와 아케론 강 가파른 둑 옆에서   1160

당장 예언의 노래를 토할 것 같아요.

코러스   왜 그리 너무나 또렷한 말을 하느냐?

아기라도 그대 말을 듣고 이해할 것이다.

피가 날 정도로 물어뜯기듯 그대 고통스러운 운명에게

1165 두들겨 맞는구나, 그대가 흐느끼며 울부짖으니.

듣자 하니 내 마음이 산산이 부서지는구나.

캇산드라 *이오(iō)*, 고통, 고통이여, 완전 파괴된 도시의 고통이여! (우 7)

이오(iō), 성벽 앞, 풀 먹는 많은 짐승을 도살해

아버님께서 바친 제물들이여,

1170 그러나 제물들은 도시가 고통을 겪지 않게

아무 치료약도 주지 못했구나. 그런 고통 겪기로 되어 있으나.

한데 저는 당장 바닥에 뜨거운 핏줄기를 뿌릴 거예요.

코러스 앞에서 한 말에 이어 그렇게 말하는데,

어떤 신이 악의를 품고 육중한 무게로

1175 그대를 덮쳐서는, 비통하고 치명적인

고통을 노래 부르게 하네.

하지만 그 노래의 끝을 몰라 어쩔 줄 모르겠구나.

캇산드라 자, 이제 내 예언은 결혼한 새 신부인 양

더 이상 면사포를 통해 바라보지 않고

1180 마치 빛나는 바람이 일출하는 곳에서 불어와

급습할 것 같네요. 이보다 더 큰 불행이

파도처럼 솟구치며 바닷가로 밀려올 거예요.*

더 이상 수수께끼로 가르치진 않겠어요.

저 옛날 저지른 악행이 남긴 흔적의 냄새 맡으며

1185 바싹 뒤쫓거든 여러분은 증인이 되어 주세요.

합창단은 여기 이 집을 결코 떠나지 않아요.

합창해도 즐겁지 않은데, 그건 가사가 사악하니까요.
이 무리*는 게다가 술 취해 흥청대고 인간 피를 마시고는
점점 대담해져 집에 머무르니 밖으로 내쫓을 수도 없답니다.
이 가문의 친척* 복수의 여신들 무리 말예요.　　　　　　　　　1190
방마다 자리를 차지하고는 모든 것이 비롯된
미망(迷妄),* 그 축가를 부르며 형제의 결혼 침대*를 두고선
차례로 침을 뱉으며 그 침대 짓밟은 자를 해치려 하네요.
제가 빗맞혔나요? 아니, 궁수처럼 적중했나요? 아니, 이 집 저 집
문 두드리는* 거짓 예언잔가요, 쓸모없는 떠버린가요?　　　　　1195
맹세하며 증언해 보세요. 당신께서 이 가문의 오래된
죄악을 들은 적도 없고 알지도 못한다는 걸.

코러스　적법하게 맹세하고 그 맹세를 확인하더라도 그게 어찌
치유의 노래가 될까? 하지만 그대 능력에 경탄할 따름이네.
바다 저 건너편에서 자랐으나 마치 여기에 있었다는 듯　　　　　1200
외국어 말하는 도시에 대해 정확하게 말할 수 있다니.

캇산드라　이런 직분을 예언자 아폴론께서 제게 정해 주셨답니다.

코러스　신이지만 욕망에 두들겨 맞았다는 말은 아니겠지?

캇산드라　이전에는 이런 말을 하는 게 부끄러웠어요.

코러스　번영을 누리는 자는 누구나 수줍어하니까.　　　　　　　1205

캇산드라　그분은 씨름꾼으로 정말 환희를 제게 불어넣으셨지요.

코러스　그럼 그분은 관습대로 함께 아이 낳는 일을 하셨는가?

캇산드라　저는 동의하고 나서 록시아스를 속였답니다.

코러스　이미 신들린 예언술에 사로잡혀 있었지?

캇산드라　이미 시민들에겐 모든 고통을 예언했지요.

코러스　록시아스가 분노했는데도 어떻게 해를 입지 않았지?

캇산드라　이런 잘못 저질렀으니 결코 아무도 설득할 수 없었죠.

코러스　그러나 우리에겐 믿음직한 예언을 하는 것 같은데.

캇산드라　*이우 이우 오 오(iou iou ō ō)*, 고통이여.

1215　무시무시한 참된 예언의 고통이 또다시 찾아와서

사악한 전주가로 혼을 빼며 내 주위를 맴도는구나.

여기 어린아이들이 보이나요? 꿈속 환영의 모습을

하고는 집 근처에 앉아 있잖아요. 죽은 아이들로,

마치 적들의 손에 죽은 것처럼 손에는

1220　그들 친족이 포식한 살점을 가득 쥐고 있으니

그들 아비가 맛본, 가장 가여운 짐, 내장과 창자를

들고 있는 세 노릇이 보이네요.

이 때문에 어느 집지킴이,* 주인 침대에서 뒹구는

겁쟁이 사자, *오이모이(oimoi)*, 귀향한 주인에게

1225　어떤 복수를 계획하고 있다고 말하겠어요.

{나의 멍에를, 노예의 멍에를 짊어져야 하니}.*

선단의 지휘관이며 트로이아의 파괴자는

1230*　끔찍한 사건으로 은밀한 파멸을 맞이할 거예요.

1228　가증스러운 암캐가 혀로 핥아 아첨하고 즐거이 두 귀를

1229　늘어뜨리지만 어떻게 물어뜯을지 알지 못하네요.

1231　이런 대담한 짓 하는 여자가 바로 사내의 살인자랍니다.

그녀를 가증스러운 괴물의 무슨 이름으로 불러야

적중할까요? 쌍두 뱀인가요, 어떤 스퀼라*인가요? 바위에

서식하며 선원의 재앙이고 하데스의 광분하는 어미*이며

가족에겐 휴전 없는 전쟁의 불길을 내뿜는 스퀼라!　　　　1235

모든 걸 대담하게 시도하는 여자가 마치 전쟁에서

적들을 패주시키듯 얼마나 승리에 환호했던가.

한데 그가 구원받아 귀향한 걸 기뻐하는 척하네요.

이런 일을 전혀 설득하지 못해도 괜찮아요. 물론이죠.

오게 될 일은 오고야 마는 법. 당신은 곧 현장을 목격하고　　　1240

동정하며 나를 참된 예언자라 부르겠죠.

코러스　아이들 살점 포식한 튀에스테스의 잔치는

잘 알고 있으니 나는 공포에 사로잡혀 몸서리치는구나.

결코 비유가 아니라 사실 그대로 듣게 되니까. 하지만

그 밖 다른 일을 듣자 하니, 주로(走路)에서 벗어나 내달리네.　　1245

캇산드라　당신이 아가멤논의 죽음을 목격한다고 말하는 거예요.

코러스　상서로운 말만, 불쌍한 소녀여. 혀를 잠재워라.

캇산드라　하지만 이런 말을 치유할 파이안은 곁에 없답니다.*

코러스　아니다. 정말 그리된다면. 제발 어쨌든 일어나지 않기를.

캇산드라　당신은 기도하지만, 저들은 살인할 생각만 해요.　　　1250

코러스　대체 어떤 자가 그런 비통한 짓을 준비한단 말이냐?

캇산드라　내 예언의 궤도에서 너무 멀리 벗어났군요.

코러스　그가 어떤 수단으로 실행하려는지 알지 못했으니까.

캇산드라　하지만 저는 헬라스 말을 너무 잘 아는데요.

코러스　퓌토의 신탁도 헬라스 말이지만 이해하긴 어렵지.　　　1255

캇산드라 *파파이(papai)*. 불같은 열병이 날 덮치는구나!

오토토이*(ototoi)*. 늑대의 신[*] 아폴론이여, 아 나는 나는.

바로 여기 두 발 달린 암사자는 고귀한

수사자가 떠나 있는 동안 늑대와

1260   동침하더니 이 불쌍한 여잘 죽이려 하네.

독약 제조하듯 사발에다 적당한 내 급료도

지불하려고 넣겠죠. 남편에겐 칼날을 갈며 날 데려온

일을 살인으로 갚아 주겠다 큰소리치네.

(예언자의 옷을 털어 버리면서)

한데 왜 이런 조롱당할 것들, 이따위 단장을 들고

1265   목덜미 감싼 띠[*]를 걸치고 있는 거야?

네놈을, 내 수명이 다하기 전에 부숴 버리겠다고.

(단장을 분지르고 조각들을 바닥에 팽개친다.)

박살 나라고! (머리띠를 던져 버린다.) 네놈이 바닥에

누웠으니 이렇게 갚아 주마! (그것들을 짓밟는다.)

나 대신, 다른 여자나 파멸로 부자가 되게 하라지.

1270   보라고! 아폴론이 직접 내게서 예언자 옷을 벗겨 내고 있어!

내가 이런 옷차림을 하고 헛되이 〈진실을 예언하는〉 동안

적 같은 친구들이 만장일치로 날 심하게 조롱하는 걸

아폴론은 바라보며 〈아무 도움도 주지 않았다고.〉

동냥하는 떠돌이인 양 배고픈 거지라 불리며

수모 당해도 이 불쌍한 사람은 참아 냈다고.

1275   이제 예언자는 예언자인 내게서 빚을 거둬들이고

이런 치명적 운명으로 날 끌고 갔다고.

아버지 제단 대신 도마가 날 기다리고 있네.

희생 제의 전 내가 도살되어 뿌린 피로 뜨거워질 도마.

그러나 우리 죽더라도 신들께서 복수해 주실 거야.

앞으로 우리 위해 복수할 다른 이가 올 테니　　　　　　　1280

어미를 죽일 자식으로 아비의 원수를 갚을 거야.

이 땅에서 쫓겨난 떠돌이 추방자가 가족을 위해

이런 파멸 위에 갓돌을 얹어 마무리하려고 돌아올 거야.　1283

신들께서 큰 맹세를 하셨으니,* 지하에 누워 계신　　　1290

아버지의 시체가 그를 이끌게 되리라고.　　　　　　　1284

한데 나는 왜 이렇듯 처량하게 한탄하는 거야?

이미 일리온의 도시가 고통을 겪을 대로 겪고,

도시를 정복한 자도 신들의 심판을 받고

이렇게 끝장나는 것을 보았으니

가서 하겠어, 용감하게 죽음을 견뎌 내겠어.　　　　　1289

(궁전을 향해 걸어가다가 궁전 대문 앞에서 멈춘다.)

이 대문을 하데스의 문이라 부르며 말을 건네네.　　　1291

치명적 일격을 맞게 해 달라고 기도합니다,

안락한 죽음으로 내 피가 흘러내리며

몸부림 없이 이 두 눈을 감을 수 있도록.

코러스　많이 불쌍하고 많이 지혜로운 여인이여,　　　1295

길게 늘려 말하는구나. 그러나 정말로 자신의 죽음을

알고 있다면, 어찌하여 신에게 이끌린 황소처럼

제단을 향해 대담하게 발걸음을 옮기는 것이냐?*

캇산드라 피할 수 없어요. 친구들이여. 더 이상 시간이 없어요.

1300 **코러스** 그러나 마지막 남은 시간의 조각은 중요하지.

캇산드라 그날이 온 거예요. 달아나 봐야 별 이득이 없을 거예요.

코러스 알아 두어라, 그대가 용감한 정신으로 인내한다는 걸.

캇산드라 행복한 사람은 어느 누구도 그런 말을 듣지 않아요.

코러스 하지만 명예로운 죽음은 인간에게 큰 행복이지.

1305 **캇산드라** *이오(iō)*, 내 아버지, 당신과 당신의 고귀한

1313* 아들에게도.* 이제는 집 안에서도 나 자신과

1314 아가멤논의 운명을 슬퍼하러 가요. 살 만큼 살았어요.

(안으로 들어가려다가, 갑자기 몸을 움츠리고 울부짖는다.)

1315 *이오(iō)*, 내 친구들이여.

1306 **코러스** 무슨 일이냐? 뭐가 무섭다고 몸을 돌리는 게냐?

캇산드라 *퓌(phy) 퓌(phy)*.

코러스 왜 그렇게 퓌퓌, 하는 거냐? 네 영혼이 질색하는 게 아니라면.

캇산드라 피가 뚝뚝 듣는 살인의 입김을 이 집이 내쉬고 있어요.

1310 **코러스** 어떻게 그렇지? 그건 화롯가의 희생 제물에서 나는 냄샌데.

캇산드라 무덤에서 나오는 습한 공기와 똑같아요. 틀림없다고…….

1312 **코러스** 이 집의 호사인 시리아산 방향제를 말하는 건 아닌데…….

1316 **캇산드라** 덤불 앞 새가 그러하듯 무서워서 울진 않을 거야.

내가 죽으면 이런 일을 증언해 주세요. 한 여자*가

한 여자인 내게 진 빚을 갚으며 죽고 한 남자*가

사악한 아내 가진 한 남자에게 진 빚을 갚고 쓰러지거든.

비록 죽어 가지만, 손님으로 부탁하는 거랍니다.　　　　　1320

코러스　불행한 이여, 죽음을 예언한 걸 보니 그대를 동정하게 되네.

캇산드라　한마디만 더 할게요. 아니면 나 자신을 위한 만가를　　1322

　　　불러야겠죠. 태양이 던지는 마지막 빛을 바라보며

　　　내 주인 위해 복수하는 자들에게,

　　　적들이 날 살해한 대가도 지불하길 기도합니다.　　　　1325

　　　노예는 쉬운 먹잇감으로 죽는 것이지만.

　　　이오(iō), 인간의 운수여, 일이 번성하면

　　　그건 그림자에 비길 수 있다지만, 그러나 일이 잘못되면

　　　젖은 해면으로 한 번만 닦아도 그림은 모두 지워지죠.

　　　지워진 그림을 그림자 같은 운수보다 더 동정하게 되네요.　　1330

　　　(캇산드라가 궁전 안으로 퇴장한다.)

코러스　큰 번영 누려도 물리지 않으니

　　　이는 모든 인간의 본성이라네.

　　　사람들이 시기하며 손가락질하는 궁전에서

　　　더 이상 들어오지 마시오, 하여도

　　　아무도 그런 본성을 막으며 멀리하진 못하네.　　　　1335

　　　여기 이분에게는, 지복의 신들께서

　　　프리아모스 도시 정복을 허락하셨으니

　　　그는 신이 주신 영광 안고 집에 도착했으나

　　　이제는 선대(先代)가 흘린 피의 죗값을 치르고 죽어서

1340 망자로 말미암아 또 다른 이가 죽음의 형벌을 받게 된다면,[*]

이런 말을 듣고 누가 무해한

운명을 타고났다고 뽐낼 수 있을까?

(코러스가 마지막 말을 마치자마자 궁전 안에서 날카로운 비명 소리가 들려온다.)

아가멤논 (궁전 안에서) *오-모이(ōmoi)*, 맞았구나! 치명타다!

코러스 조용. 치명타 맞고 소리치는 자, 누구란 말인가?

1345 **아가멤논** (궁전 안에서) *오-모이(ōmoi)*, 또다시 두 번째로 맞았다!

코러스 왕의 비명 소리라 짐작하니, 큰일이 일어난 것 같소.

자, 함께 의논합시다. 과연 무슨 안전한 계획이 있는지.

(코러스 각자가 자기 의견을 말한다.)

—내가 여러분께 내 생각을 말하겠소.

이곳 궁전으로 오라고 시민들에게 소리치는 거요.

1350 —내 생각엔 곧장 안으로 뛰어 들어가

아직 피가 칼에서 흐를 때 범행 증거를 확보하는 거요.

—나도 그 생각에 동의하니 뭐라도 하는 데

찬성표요. 지금은 꾸물거릴 때가 아니오.

—이걸 알 수 있소, 이 도시에서 저들이

1355 참주 정치 하겠다는 전조를 보내는 서곡이란 걸.

—우린 시간 낭비하고 있지만, 저들은

지연(遲延)이란 명성을 짓밟으며 손이 잠자지 않소.

— 무슨 계획을 세워 제안해야 할지 모르겠소.

계획하는 것도 행동하는 자에게 속한 일이오.

— 나도 같은 생각이오. 말로는 죽은 자를   1360

다시 일으켜 세울 방법이 없으니까.

— 정말로 왕가를 모욕한 자들을 통치자로 받들고

복종하여, 목숨을 연장하겠단 말이오?

— 아니요, 그건 참을 수 없소. 죽는 것이 더 낫소.

그게 참주 아래 사는 것보단 덜 쓰디쓴 운명이오.   1365

— 한데 단지 비명 소리의 증거만으로

그분이 죽었다고 예언할 수 있겠소?

— 그 문제는 분명히 알아낸 다음 이야기합시다.

추측과 진실은 서로 다른 것이니까.

(모든 이가 이 의견에 동의하는 몸짓을 한다.)

— 모두가 찬성했으니 이 제안에 동의하는 바요.   1370

아트레우스의 아들이 어떠하신지 분명하게 알아봅시다.

(코러스가 궁전을 향해 몸을 돌리자 궁전 문이 열리고, 이동
식 무대 위에 아가멤논과 캇산드라의 시체가 보인다. 그 옆에는
클뤼타이메스트라가 손에 도끼를 들고 서 있는데, 그녀의 옷은
피로 물들어 있다. 아가멤논은 은빛 욕조 안에 쓰러져 있고, 그
의 머리에서 발끝까지는 화려하게 수놓은 천으로 휘감겨 있다.)

클뤼타이메스트라 지금까진 시의에 맞게 많은 말 했으나

이제는 그와 정반대로 말한다 해도 부끄럽지 않구나.
친구인 듯한 적을 해치려 하니 어찌 달리 준비할까.

1375 뛰어 넘어가지 못하게 높이
재앙의 그물을 둘러칠 수 있을까?
오래된 다툼에서 비롯된 이 투쟁은
내가 오랫동안 마음에 품었고, 끝내 오고야 말았어.
거사를 치르고 그자를 내려친 곳에 서 있고

1380 그렇게 했으니 부정하지도 않겠다.
그자는 죽음을 피하지도 막지도 못한 거야.
그자에게 물고기 잡듯 끝없는 그물을 던졌으니
그건 사악한 의복의 부유함이겠지.
그자를 두 번 내리쳤다. 두 번 비명을 지르더니

1385 그 자리에서 사지를 놓더군. 쓰러진 뒤에
세 번째 타격을 더하고 그걸로, 내 기도를 들어주신
망자들의 구원자, 하계의 제우스, 하데스에게 감사한 거요.
그렇게 쓰러지고 헐떡거리며 제 영혼을 내보냈고
상처에선 핏줄기를 날카롭게 내뿜으며

1390 피 이슬의 거뭇한 소나기로 날 때리니
이삭 나올 때 제우스가 내려 주신 빗물에 흠뻑 젖어

1392 기쁜 곡식처럼 꼭 그렇게 기뻤소이다.

1395* 격식에 따라 시신에게 제주를 바칠 수 있다면
이 피*가 옳다고, 아니 옳은 것 이상이리라. 이 작자는
그토록 많은 저주스러운 악행으로 집 안 혼주 항아릴

가득 채우고, 여기에 돌아와서는 자신이 모두 마셔 버린 거야. 1398

사정이 이러하니, 여기 아르고스 장로들이여, 1393

기뻐할 테면 기뻐하게나, 좋을 대로. 난 기뻐 날뛰고 있으니까! 1394

코러스   당신 말에 소스라치며 놀랐소. 얼마나 오만한 입이란 1399

말인가! 당신 남편에게 그런 말로 뽐내다니 말이야. 1400

클뤼타이메스트라   어리석은 여자인 양 날 시험하는 거야.

하지만 나는 부동의 마음으로, 잘 알고 있는 너희에게

말하겠다. 날 칭찬하든 비난하든

아무래도 상관없어. 여기 이자가 내 남편

아가멤논이지만 그는 시신이고, 정의의 제작자인 1405

이내 오른손의 작품이지. 이게 현재 상황이야.

코러스   여인이여, 무슨 악독한 걸 맛본 거요?   (좌 1)

무슨 음식이나 음료요? 그게 땅에서 자란 거요,

흐르는 바다에서 나온 거요? 그래서 이런 도살과, 1409a

백성의 저주를 머리에 짊어진 거요? 1409b

내던지고 잘라 버렸으니 당신은 도시에서 추방될 거야, 1410

시민들이 엄청 증오하니.

클뤼타이메스트라   지금 내게 판결하는 거야. 내가

도시의 추방, 시민의 증오, 공공의 저주를 일으켰다고.

하지만 당시 여기 이자에게 당신은 아무 반대도 하지 않았지.

마치 털 수북한 양들 중 하나가 죽기라도 하듯 1415

그가 이를 무겁게 여기지 않고 트라키아의

바람 달래는 주문으로 제 자식을, 산고로 낳은

가장 사랑하는 내 새끼를 희생 제물로 바쳤는데도.

부정(不淨)한 짓 벌하기 위해 네가 바로 이자를

1420 이 땅에서 추방했어야 하는 거 아닌가?

한데 내 행위를 알고 나선, 가혹한 판관이 되었구려.

자, 너에게 말하겠다. 그따위 말로 위협하면 나도 똑같이

준비하고 있다는 걸 잘 알고나 하라고. 무력으로 이기는

자가 날 지배하리라. 그러나 신께서 정반대로 결정하신다면

1425 넌 가르침을 받아 늦게나마 분별이 뭔지 배울 거야.

코러스 네 간계가 야심 차고 네 말은 매우 거만하니   (우 1)

흘러넘치는 피 맛을 보고 정신이 돌아 버린 것 같구나.

두 눈에는 핏자국이 또렷하게 보이는구나.

넌 반드시 죗값을 치르게 될 거야,

1430 친구들 없이, 타격의 보답으로 타격을 받을 거야.

클뤼타이메스트라 이제 이 옳은 내 맹세도 듣게 될 것이다.

정의의 여신, 내 자식 위해 복수하신, 파멸의 여신, 복수의

여신 앞에 맹세하건대, 이들의 도움으로 내가 이자를

도살한 것이다. 아이기스토스가 내 화로에 불을 지피고

1435 전과 같이 내게 충성을 다하는 동안에는

무서운 걱정이 내 집 안에 발을 들여놓지 못할 거야.

그이는 내게 믿음 주는 작지 않은 방패니까.

여기, 그의 아내인 날 유린하고, 트로이아에서

크뤼세이스와 다른 여인들의 마음을 녹인 자가 누워 있다.

1440 게다가 여기 이 여자, 창으로 얻은 포로이자 예언자이며,

그와는 잠자리 함께하고 신탁 노래하는 가수이며
충실한 첩이고, 배 갑판 돛대를 비벼 대는 계집 말이야.
한데 두 사람은 적절한 보상을 받았구나!
이자는 이렇게 누워 있고, 그의 애인은 백조처럼
최후의 만가(輓歌)를 부르며 죽음을 알리고 나서 1445
여기에 누워 있구나. 내게는 그녀가, 호화롭게 누리는
내 즐거움에 곁들임 요리를 날라 준 셈이지.

코러스 *페우(pheu)*, 어떤 운명이라도 빠르게 다가온다면. (좌 2)
아주 괴롭지 않고 오래 몸져눕게 하지 않는 운명이, 1450
영원히 끝나지 않는 잠을 우리에게 가져다주기를.
가장 어진 수호자께서 한 여자로
많은 고통을 겪고 쓰러지셨으니.
그분이 한 여자의 손에 목숨을 잃으셨구나.

코러스 *이오(iō) 이오(iō)*, 미친 헬레네여, (종가 1) 1455
혼자서 많은 생명, 그토록 많은 생명을
트로이아 성벽 아래서 파괴했구나.
이제는 씻을 수 없는 피로,
결코 잊지 못할 마지막 화환으로
자신을 장식했구나! 그때는 불화의 여신으로 1460
궁진에 거주하며 남편에겐 커다란 고통을 주었지.

클뤼타이메스트라 이런 일에 괴로워
죽음이란 운명을 빌지도 말고
헬레네에게 앙심을 품지도 마라.

1465 사내 잡아먹는 여자라 부르고

그녀 혼자 다나오스 용사들의

수많은 목숨을 끊으며

아물지 않는 상처를 남겼다고 하며.

코러스 악령이여, 네가 이 집과, 본성이 서로 다른 (우 2)

1470 탄탈로스의 두 후손 아가멤논과 메넬라오스를 덮쳤구나.

똑같은 기질을 가진* 두 여인 내세우며

권력을 행사하다니, 내 가슴이 미어지네.

혐오스러운 까마귀*처럼 시신을 밟고는

틀린 가락으로 기쁨의 노래를 부르며 뽐내고 있구나.

1475 **클뤼타이메스트라** 이제 의견을 바로잡아 말하는군,

세 겹으로 살쪄 퉁퉁한*

이 가문의 악령을 부르다니.

악령으로 말미암아

피 핥고 싶은 욕망이 배 속에서 자라나니

1480 오래된 상처가 치료되기도 전에 새로이 곪았지.

코러스 이 집안에 무서운 분노 품은 (좌 3)

강력한 악령을 말하는군.

1483a *페우(pheu) 페우(pheu)*, 그건 사악한 말이로다!

1483b 파괴와 파멸에도 배가 부르지 않으니.

이오(iō) 이에(ie), 모든 것은 제우스의 뜻이라네,

1485 모든 일 일어나게 하시고 모든 일 성취하시니.

제우스 없이 인간에게 무슨 일이 일어나겠소?

이 모든 일들 가운데

신들이 정하지 않는 일, 뭐가 있겠소?

코러스 *이오(iō) 이오(iō)*, 왕이시여, 왕이시여.　　　　(종가 2)

당신을 위해 어떻게 눈물을 흘려야 할까요?　　　　1490

충성만으로 대체 무슨 말을 할 수 있을까요?

불경한 죽음으로 목숨을 토하고는

여기 이 거미줄에 걸려 누워 계십니다.

오모이 모이(ōmoi moi), 자유인에 맞지 않는 잠자리!

아내의 손이 휘두른 양날 무기,　　　　1495

음흉한 살인에 쓰러지셨구나.

클뤼타이메스트라 이걸 내가 한 일이라고 딱 잘라 말하는 거냐?

그러나 날 아가멤논의 아내라고

생각하지 마라.

잔인한 만찬 베푼 아트레우스에게　　　　1500

복수하는 오랜 사나운 악령이

여기 이 송장의 아내와 닮은 모습으로

나타나 이자를 죽여 보복했으니.

어린 제물에다가 다 자란 제물을 더한 셈.

코러스 네가 이 살인에 죄가 없다고　　　　(우 3)

누가 증언할까?　　　　1506

어떻게, 어떻게 그럴 수 있을까? 한데 아비의 죄에서

생겨난 복수의 악령이 너와는 공범일 거다.

검은 아레스가 폭행을 일삼으며 밀고 나가니

1510　　혈족의 피가 강물을 이루는구나.

　　검은 아레스가 전진하는 곳마다

　　잡아먹은 아이들의 엉긴 피를 두고 복수하리라.

코러스　*이오(iō) 이오(iō)*, 왕이시여, 왕이시여.　　　　　(종가 2)

　　당신을 위해 어떻게 눈물을 흘려야 할까요?

1515　　충성만으로 대체 무슨 말을 할 수 있을까요?

　　불경한 죽음으로 목숨을 토하고는

　　여기 이 거미줄에 걸려 누워 계십니다.

　　오모이 모이(ōmoi moi), 자유인에 맞지 않는 잠자리!

　　아내의 손이 휘두른 양날 무기,

1520　　음흉한 살인에 쓰러지셨구나.

클뤼타이메스트라　　이자가 자유인에 걸맞지 않은

　　죽음을 맞이했다고 생각하진 않아,

　　〈그가 음모로 죽은 것은 정의에 따른 것이니.〉

　　이자도 음모로 집 안에 재앙을 낳지 않았던가?*

1525　　이 작자로 내가 임신한 자식,

　　많은 눈물 나게 한 이피게네이아가

　　〈제 아비 손에 희생되었으니.〉

　　자기 행위로, 치러야 할 합당한 벌 받았으니

　　그자가 하데스에서 큰소리쳐선 안 되지.

　　그가 시작한 유혈의 대가를 지불하며 칼에 맞아 죽은 거야.

코러스　숙고해 보아도 쓸 만한 계획 없으니　　　　　(좌 4)

1531　　어찌할 바 모르겠구나.

왕가가 무너져 내리니 어디로 가야 할지.

피의 폭풍이 매질하며 왕가를 넘어뜨릴까

두렵구나. 가랑비가 그치고 있으니

정의의 여신은 또 다른 일을 하시고 또 다른 숫돌엔   1535

운명의 여신이 해악이란 칼날을 벼리시는구나.

코러스 *이오(iō)*, 대지여, 대지여, 날 삼켜 버려라!   (종가 3)

은으로 감아 두른 욕조,

그 비천한 잠자리에

그분이 누워 계신 걸 보기 전에.   1540

누가 그분을 묻어 줄까? 누가 애도의 노래 부를까?

네가 감히 그런 짓을 한 거야?

제 남편 죽이고 나서, 그를 애도하고

그의 위업에 보답하려,

부당하게도, 그의 영혼에게   1545

호의 아닌 호의를 베풀려 하다니.

과연 누가 눈물을 흘리며

신과 같은 인간의 무덤 앞에서 찬양하며

진심으로 애쓴단 말인가?   1550

클뤼타이메스트라 그건 네가 신경 쓸 일 아니지.

우리 손에 그자가 쓰러져 죽었으니 우리가 매장할 것이다.

가족 아닌 사람들은 함께 통곡하시지 않고,

관습에 따라, 딸 이피게네이아가   1555

빨리 나르는 비탄의 나루터에서

제 아비를 반가이 맞이하며

그의 목에 두 팔을 던져 입을 맞추겠지.

코러스　이처럼 비난을 비난으로 되받아치다니　　　　　　　(우 4)

1561　가늠하기 어려운 투쟁이로구나.

약탈자는 약탈당하고 살인자는 죗값을 치르리라.

제우스 신께서 왕좌에 앉아 계시는 한

행한 자는 겪게 되리라, 그게 법이니라.

1565　파멸에 가족이 들러붙어 있으니

누구인가, 이 가문에서 저주의 씨앗을 뽑아낼 자는?

클뤼타이메스트라　결국 이런 진실 담긴 신탁을 생각해 냈구려.

한데 플레이스테네스* 가문의 악령과

1570　맹세하여 협정을 맺었으니, 비록 참기 어려워도

나는 일어닌 일을 견뎌 낼 것이다.

앞으로는 악령이 이 집을 떠나

친족 살인 거들며 다른 가문을 문질러 없애겠지.

서로를 도륙하는 광기를

1575　이 집에서 몰아낼 수만 있다면,

재산의 몫이 작아도 크게 만족할 텐데.

(아이기스토스가 무장한 호위병들을 이끌고 등장한다.)

아이기스토스　오, 정의를 낳은 날, 친절한 빛이여.

지상의 고통을 내려다보고 인간의 잘못을 벌하는

신들이 계시다는 걸 이제는 말할 수 있소이다.
여기 이 남자가 복수의 여신들이 짜서 만든 옷을 1580
두른 채 누워 있고 ― 내겐 소중한 장면이다 ―
제 아비 손이 꾀한 흉계가 죗값 치르는 걸 보았으니.
분명히 말하건대, 이자의 아버지 아트레우스가
이 땅을 다스릴 때, 그의 아우이자 내 아버지
튀에스테스가 왕권에 도전하자 1585
아트레우스는 그를 집과 도시에서 추방했던 거요.
나중에 불쌍한 튀에스테스가 돌아와선
직접 그의 화로에 탄원하여 안전을 보장받고
죽음에서 벗어나 고향 땅을 피로 물들이지 않은 거요.
하지만 이자의 불경한 아비 아트레우스는 친절 이상으로 1590
내 아버질 열렬하게 환대한다고 하며 즐겁게
도축하는 날을 갖는 척하더니만
아이들의 살점으로 만든 요리를 대접했던 거요.
발 부분, 팔 끝 손가락, 〈머리 부분은 치워 놓고
나머지 부분은〉* 잘게 썰었고, 혼자 식사하는 자로부터
멀리 떨어져 그랬으니 그건 알 수 없는 일이었지. 1595
아무것도 모르고 아버지가 곧장 고기 몇 점을 집어 먹었는데,
그것은 그대가 알듯이 가문을 파멸시킨 식사였던 거요.
상서롭지 못한 짓을 알아채곤 비명을 지르고
도살한 고기를 토하며 뒤로 넘어졌고,
펠롭스 가문에는 참을 수 없는 운명을 내려 달라 빌고 1600

식탁을 걷어차며 저주의 힘을 더했소.

"플레이스테네스의 모든 종족이 이렇게 멸망하리라!"

이 때문에 이자가 쓰러진 것을 볼 수 있는 거요.

나도 이러한 살인을 꾀할 자격이 있고,

1605 나는 내 불쌍한 아버지의 열 번째하고도 세 번째 아들로

1606a 아트레우스는 나를 아버지와 함께 추방했는데

1606b 그때 난 강보에 싸인 갓난아기였지.

내가 장성하자 정의의 여신은 다시 날 데려오셨고

비록 현장엔 없었으나 이 남자를 덮친 셈이고,

그를 해치려고 온갖 계책을 짜 맞추었던 거요.

1610 이제 나는 정말 죽어도 좋소이다. 이 작자가

정의의 여신이 씌운 올가미에 걸린 것을 보았으니.

코러스 아이기스토스여, 시국이 혼란한데 오만하게 뽐내는 짓은

삼가야 하오. 한데 그대는 이 남자를 고의로 살해하고

혼자서 이 처참한 살인을 계획했다 말하는 거요?

1615 내 말하건대, 잘 새겨듣거나. 심판의 시간이 오면

그대 머린 시민의 돌팔매질 같은 저주를 피하지 못할 거다.

아이기스토스 네가 그렇게 지껄이는 거냐? 저 아래 앉아

노 젓는 주제에, 키잡이 자리에 앉은 이들이 배를 지휘하고 있거늘.

노인네라도 배우게 될 거야. 분별 있게 처신하란 말 듣고

1620 그 나이에 훈육이란 게 얼마나 혹독한지를.

노인이라도 강제 구속과 굶주림의 고통은

영혼을 가르치는 가장 훌륭한 치료 주술사니까.

두 눈을 뜨고도 그걸 보지 못한단 말이냐?

몰이 막대기를 발로 차지 마라, 때리고 나서 다치지 않게.

코러스 이런 젠장, 계집 같은 놈! 집 안에 죽치고 있다가   1625a

전쟁에서 막 귀환한 자에게 그런 짓을 했더냐?   1625b

그 남자의 침대를 더럽히며 이렇게

장군을 살해하려 계획했단 말이냐?

아이기스토스 그런 말로도, 곡소리를 내게 될 거다!

네놈의 혀는 오르페우스의 것과는 정반대로구나.

오르페우스는 목소리로 만물을 기쁨으로 이끌었는데   1630

네놈은 유치한 비명을 지르며 날 화나게 하니

체포되어 끌려갈 것이다! 제압되고 나면 좀 고분고분해지려나.

코러스 정말 네놈이 아르고스의 참주가 되더라도,

너란 놈이 이분의 죽음을 계획했더라도

제 손으로 그 일을 실행할 용기는 없었어.   1635

아이기스토스 속임수는 분명 여자의 일이겠지.*

나는 이자의 숙적으로 의심의 눈초릴 받아 왔거든.

한데 이자의 재산으로 시민들을 통치하려는 거다.

주인에게 복종하지 않는 자에겐 무거운 멍에를

씌울 거야. 그런 자는 보리로 살찌운 경주용 망아지*가   1640

결코 될 순 없겠지! 어둠과 동거하는 가증스러운

굶주림에 그가 얌전해지는 걸 보게 될 거다.

코러스 그럼 왜 그렇게 비겁한가? 혼자서

이 남자를 죽여 무장을 벗기지도 못하고

1645	한 여자와 함께 이 땅과 이곳 신들을
	더럽히며 살해한 거냐? 어디선가 오레스테스가
	아직도 햇빛을 보고 있을까? 그러면 행운의 호의로
	이곳에 돌아와서 이 두 남녀를 잡아 죽여 승리하게 되리라.

아이기스토스 그래, 그따위로 말하고 행동할 요량이면 당장 깨우칠 거다.

코러스 자, 호위병 친구들, 자네들 일거리가 멀리 있지 않구먼.*

아이기스토스 자, 모두 칼자루에 손을 대고 칼 뽑을 준비 하라.

코러스 그래, 나도 자루에 손을 대고 죽음도 불사하겠어.

(코러스가 방어하려고 단장을 들어 올린다.)

아이기스토스 네놈 죽겠단 말, 기꺼이 받아 주마. 그런 일은 대환영이거든.

클뤼타이메스트라 (앞으로 나와 끼어들며)

안 돼요, 가장 소중한 내 남자, 또 다른 불행을 낳지 마세요.

1655   이번 일만으로도 충분히 거둬들였어요. 끔찍한 수확이죠!

이미 고민거리 넉넉하니 우리 손에 피를 적시지 마세요.

존경하는 장로 여러분, 집으로 돌아들 가세요.

1658a   험한 꼴 당하기 전에 정해진 운명에 복종하여

1658b   우리가 한 일을 그대로 받아들이세요.

이런 골칫거리에 치유책이 있다면 우린 그걸 받아들일 거예요,

1660   비록 악령의 무거운 발굽에 호되게 걷어차이긴 했지만.

이것이 한 여자의 말이랍니다, 그 말이 배울 만하다면.

아이기스토스 하지만 이자들이 이렇게 헛된 혀로 쏘아 대고

운수를 시험하듯 그런 말을 내뱉으며 분별 있는 생각의

과녁을 맞히지 못하고 통치자를 모욕하니 말이오.

코러스 사악한 자에게 꼬리 치는 건 아르고스인답지 못한 짓이지.   1665

아이기스토스 하지만 앞으로 난 네놈들을 계속 뒤쫓을 거다.

코러스 아니. 신께서 오레스테스가 이곳에 돌아오게 인도하시면.

아이기스토스 내 잘 알고 있지, 추방자는 희망을 먹고 산다는 걸.

코러스 계속 정의를 더럽히며 살이나 찌우시게. 그렇게 할 테니.

아이기스토스 잘 알아 두라고, 이런 어리석은 짓의 대가를 치를 걸.   1670

코러스 기만 살아서 큰소리는, 암탉에게 기대는 수탉 꼴에.

클뤼타이메스트라 이렇게 헛되이 짖어 대는 소리는 신경 쓰지
마세요. 당신과 내가 이 집을 장악하고 모든 일을 잘 꾸려
나갈 거예요.

(클뤼타이메스트라가 아이기스토스를 궁전 안으로 데려간다.
코러스 모두 한 방향으로 퇴장하고 호위병들은 다른 방향으로
퇴장한다.)

제주를 바치는 여인들

등장인물

오레스테스 아가멤논의 아들
필라데스 스트로피우스의 아들, 오레스테스의 친구
엘렉트라 오레스테스의 누나
클뤼타이메스트라
하인
유모 오레스테스의 유모
아이기스토스
코러스 궁전에서 시중드는 나이 지긋한 여자 노예들

(여행자 복장을 한 오레스테스와 퓔라데스가 등장한다. 오레스테스가 아가멤논의 무덤가로 접근하는데, 손에는 머리 타래를 쥐고 있다.)

오레스테스 하계의 헤르메스*여, 아버지 왕국을 지키는 신이시여,
　이렇게 간청하오니, 제 동맹자와 구원자가 되어 주소서,
　추방당했다가 돌아와서 이 나라에 도착했으니.*
　여기 무덤 언덕에 올라, 제 말을 들으시라고
　아버님에게 고하는 바입니다. 한 타래 머리는　　　　　5
　절 길러 준 보답으로 이나코스* 강에 바치고
　다른 하나는 애도의 공물(供物)로 아버님에게 바치나이다.
　아버님, 제가 이곳에 없어 당신 죽음을 슬퍼하며 탄식하지도,
　사람들이 당신 시신을 나를 때 손을 내밀지도 못했습니다.*
　(여자 하인들의 행렬이 궁전 대문에서 나온다. 그들 모두 나이

가 지긋하고 검은 상복을 입고 있다. 그중 두 여자는 머리에 물
동이를 이고 있다.)

10   뭐가 보이는 거지? 이곳에 다가오는 여자들의 무리, 도대체
      누구일까? 검은 외투를 걸쳐 눈에 띄는 여자들 말이다.
      무슨 불행한 일이 일어났다고 추측해야 할까?
      집에 새로운 재앙이 닥친 것일까,
      아니면 이 여자들이 망자를 달래려고
15   내 아버님에게 제주를 나르고 있는 걸까?
      아닌 게 아니라, 내 누나 엘렉트라가 비통한
      슬픔에 빠져 다가오는 것 같으니.
      오 제우스 신이시여, 제가 아버지 죽음에 복수하게
      해 주시고 기꺼이 제 동맹자가 되어 주소서.
20   필라데스, 옆으로 비켜서자. 이 여자들이
      무슨 이유로 탄원하는지 분명히 알 수 있게.

(오레스테스와 필라데스는 몸을 숨긴다.)

코러스　집에서 보내서 왔는데   (좌 1)
      머리와 가슴 때리며 제주를 호위하여 날랐어라.
      두 뺨은 찢겨져 상처 나서 진홍빛으로 물들고
25   새롭게 손톱에 베여 고랑이 파였구나.
      내 마음은 평생 비통한 울음으로 양육되었고
      아마(亞麻) 직물은 고통으로 찢기는

소릴 내며 넝마처럼 해졌으며
가슴 앞 옷 주름은   30
웃지 못할 불행에게 두들겨 맞았구나.

또렷이 예언하는 꿈은   (우 1)
잠 속에 분노의 숨을 몰아쉬고
머리털을 곤두서게 하며
한밤중 집 안 깊숙한 곳에서   35
공포로 울부짖으며 규방을 무겁게 덮쳤으니
이런 꿈의 해석자는
신들을 증인 삼아 말했다네.
'땅 아래 망자들이 격하게 불평하며   40
살인자들에게 분개하고 있구나.'

그렇게 호의 아닌 호의로,   (좌 2)
이오(iō), 어머니 대지의 여신*이여,
재앙을 막으려 신의 미움 산 여인*이,   45
이 말은 내뱉기 두려우나,
나를 이곳으로 보냈다네.
피가 떨어져 땅을 적시면 어떻게 속죄할 수 있을까?
이오(iō), 불행 가득 찬 화덕이여.
이오(iō), 파괴돼 무너진 집이여.   50
주인들이 죽은 후

이 궁전은 빛을 잃고
미움받는 어둠에 휩싸여 있구나.

예전엔 경외(敬畏)가 (우 2)
55 백성의 귀와 마음을 꿰뚫어 버려
누구도 싸워 이겨 정복할 수 없었으나,
이제는 사라져 버렸으니
누가 누굴 두려워하는 게지.*
60 행운만이 인간에게 신이고, 아니 신 이상이로다.
그러나 정의의 여신께서 저울 들고 지켜보고 계시네.
어떤 이는 대낮에 찾아가시나,
어떤 이는 다른 일이 기다리고 있으니,
오랜 세월 지나 빛과 어둠 사이 파멸이 번성하리라.
65 어떤 이는 칠흑 같은 어둠 속에 붙잡혀 있구나.*

양육하는 대지가 마셔 버린 피는 (좌 3)
흘러 사라지지 않고 응징의 피로 굳어지나니
죄지은 자는
영원한 재난과 부단한 질병으로
70 갈기갈기 찢기게 되리라.

71a 처녀의 침실 건드린 자에겐 (우 3)
71b 치유의 길이 없듯이

94

모든 강물이 한 길로 합류하여
살인 범한 손을 정화하더라도
헛되어 애쓰게 되리라.

나로선 — 신들이 도시에 운명의 　　　　　　　　(종가)
날을 더하고 고향 집 떠나게 하여 　　　　　　　　　76
노예의 운명으로 이끌었으니 —
내 생각을 버리고
날 선 혐오를 억제하여
우리 통치자가 하는 일, 옳든 그르든 인정해야겠지. 　　80
감춰진 고통에 추위 몸서리치며
무익한 고통 겪으신 주인님을 위하여
옷으로 얼굴을 가리고 통곡하나이다.*

엘렉트라　　하녀들아, 집안일 잘하는 이들아,
이렇게 탄원하고자 나를 호위하며 　　　　　　　　85
이곳에 왔으니, 이 문제 해결에 조언해 주길 바라네.
이러한 애도의 제주를 부어 주며 뭐라고 말해야 할까?
어떻게 분별 있게 말할까? 어떻게 아버님께 기도해야 할까?
사랑하는 아내가 사랑하는 남편에게
보낸다고 할까? 내 어머니가 보낸 거라고? 　　　　90
아님, 사람들 관습에 따라 이렇게 말할까? 　　　　93*
이 화환을 보낸 자들에게 축복으로 보답하시라고, 　　94

95 그자들의 선행에 값하는 선물 말이야.

아님, 아버님이 죽었을 때처럼 아무 경의도

표하지 않고 침묵하며, 대지가 마실 제주를 모두 쏟아붓고

누가 정화 의식에서 사용한 제기를 버릴 때처럼

99 눈을 돌리고 뒤로 단지를 던져 버리며 가 버릴까?*

91 내겐 그럴 담력이 없어. 이 걸쭉한 음료를 아버지의

92 무덤에 부으며 무슨 말 해야 할지 생각조차 나질 않아.

100 친구들이여, 부디 이 결정의 책임을 함께 나누길 바라네.

집 안에서 우리는 똑같은 증오를 키우고 있으니까.

아무도 두려워 말고, 마음속 생각을 숨기지도 말게.

자유인이든 남의 손에 노예로 전락한 자든

똑같은 운명이 기다리고 있으니까.

105 내 말보다 더 나은 생각 있다년 부디 말해 주게나.

코러스 당신 아버님의 무덤을 마치 제단인 양 공경하고

당신이 명령하셨으니 제가 생각한 바를 말할게요.

엘렉트라 내 아버님의 무덤을 공경하는 마음으로 말해 주게나.

코러스 제주를 부으며 호의 가진 자를 위해 좋은 말 하세요.

110 **엘렉트라** 그런데 나와 가까운 사람들 중 누구에게 말해야 할까?

코러스 우선 당신 자신과, 아이기스토스를 증오하는 모두에게.

엘렉트라 그럼 나와 너를 위해 그런 기도를 해야겠네?

코러스 이미 알고 계시니 혼자서 잘 생각해 보세요.

엘렉트라 그러면 다른 사람 누구를 우리 편에 넣어야 할까?

115 **코러스** 오레스테스를 기억하세요, 비록 그가 외지에 있더라도.

엘렉트라 맞아. 이제야 내게 가장 좋은 조언을 해 주었구나.

코러스 그러면 살인죄 있는 자들도 잊지 마시고…….

엘렉트라 뭐라고 말할까? 설명하여 가르쳐 주게. 난 경험이 없어.

코러스 어떤 신이나 인간들 중 누구든 그들과 맞서라고 하세요.

엘렉트라 판관이냐, 아님 복수자를 말하는 게냐?　　　　　　　120

코러스 간단히 말하세요. 살인으로 되갚는 자는 누구든 말예요.

엘렉트라 신들에게 그런 요구를 하는 게 경건한 일일까?

코러스 물론이죠. 적의 악행을 악행으로 되갚는 일인걸요.　　　123

엘렉트라 (무덤 앞에 선다.)

　　상계와 하계를 넘나드는 위대한 전령이시여,　　　　　165*

　　도와주소서. 하계의 헤르메스이시여.　　　　　　　　124

　　아버지의 궁전을 지켜보는 지하의 신들이　　　　　　125

　　제 기도를 들으시라고 알려 주소서.

　　만물을 낳아 기르고 또다시 자궁 안에 잉태하는

　　대지의 여신께서도 들으시라고.

　　저도 망자를 위해 여기 이 제주를 붓고

　　아버지를 부르며 말합니다. 저를 불쌍히 여기시고　　130

　　집에는 사랑하는 오레스테스라는 빛을 켜 주소서,

　　지금은 어머니가 노예로 팔아 버려 떠돌아다니지만.

　　그 여자는 우릴 내주고 아이기스토스란 사내를 얻었는데,

　　그는 바로 아버지를 살해한 죄를 나눈 자랍니다.

　　저는 노예 같은 신세예요. 그리고 오레스테스는　　　135

　　재산을 빼앗기고 망명 생활을 하고 있지요. 하지만 그들은

아버지가 애써 모은 재산으로 지나친 호화 생활을 즐긴답니다.

오레스테스가 행운의 도움으로 이곳에 오기를

아버지께 간구하나이다. 아버지, 제 말을 들어주소서.

140 제 자신은 어머니보다 더 절제하고

더 경건한 행동을 하게 해 주소서.

이렇게 우리를 위해 기도하니, 아버지,

아버질 위해 적들에게 복수하는 자가 나타나

이번에는 살인자들이 보복당해 죽기를 간청하나이다.

145 이것을, 선의를 이루려고, 기도의 중심에 놓았으니

이렇듯 무서운 저주를 그들에게 퍼부었습니다.

하지만 우리에겐 축복을 올려 보내 주시고,

신들과 대지의 여신과, 승리 주는 정의의 여신께서 도와주소서.

이렇게 기도느리고 이 제주를 바치나이다.

150 (코러스에게) 관습에 따라 너희들은 통곡의 꽃으로

장식하고 망자들에겐 파이안*을 노래하여라.

코러스 비명에 가신 주인님 위해

큰 소리를 지르고 눈물을 뿌려라.

악한의 징그러운 오염을 막아 주는,

155 여기 이 의로운 자의 거점에

지금 제주가 뿌려졌으니.

경배받는 이여, 제 기도를 들어주소서,

오 주인님이여, 정신이 희미하나 들어주소서.

오토토토토토토이*(ototototototoi)*

이오*(iō)*, 창으로 무장한 강력한 사내, 누구란 말인가? 160

집을 해방하는 자인가? 전쟁이란 작업에서 스퀴티아 활을 쏘고,

근전(近戰)을 벌이려 자루와 한 몸인

검을 휘두르는 자, 누구란 말인가?

엘렉트라 이제 아버지는 제주를 받으셨어요. 대지가 삼켰으니까요. 164

한데 내 말 들어 봐. 여기 새로운 것이 있어! 166

코러스 말해 보세요. 제 가슴은 두려워 춤추고 있어요.

엘렉트라 (오레스테스가 남겨 둔 머리털을 지적하며)

무덤 위, 여기 이 잘린 머리털을 보고 있다고.

코러스 남자 거예요, 아니면 허리 깊숙이 맨 처녀 거예요?

엘렉트라 누구든 쉽게 추측하고 제 의견을 갖고 있지. 170

코러스 그럼 어떻게 늙은이가 젊은이에게 배울 수 있을까요?

엘렉트라 나 말고는 머리털 자른 사람은 아무도 없어.

코러스 그분의 적들이야말로 머리털 바쳐 애도해야 마땅했는데.

엘렉트라 (머리털을 집어 들며)

한데 이 머리털은, 정말, 너무나 비슷해 보여!

코러스 누구의 머리털과요? 그게 알고 싶으니까요. 175

엘렉트라 내 머리털과 너무 닮아 보인다니까.

코러스 그럼 이게 오레스테스가 보낸 비밀 선물은 아니겠지요?

엘렉트라 그건 정말로 그 애 머리털과 똑같아 보이는데.

코러스 그분이 어떻게 감히 이곳에 올 수 있단 말인가요?

엘렉트라 아버지를 애도하려고 고수머리를 잘라 보낸 거야. 180

코러스 발로 이 땅을 결코 밟을 수 없다면

그 일로는 적지 않은 눈물을 흘릴 만하지요.

엘렉트라   담즙의 물결이 치밀어 올라

내 심장을 공격하는구나.* 화살에 관통되듯 맞았다고.

185   이 머리털을 보았을 때 두 눈에선, 폭풍우 몰아치는

홍수 같은 눈물방울이 그리워 억제되지 않고

떨어지고 있구나. 시민들 중 누가 이런 머리털을

갖고 있다고, 어찌 믿을 수 있을까?

그리고 분명 그것을 살인마 내 어머니가

190   잘랐을 리 없어. 그녀는 자식들에게 불경한 생각을

가지고 있으니 어머니란 호칭은 절대 어울리지 않아.

하지만 어떻게 내가 이를 곧장 받아들일 수 있을까.

이 장식물이, 사람들 중 내 가장 사랑하는

오레스테스 거라고, 희망이 꼬리 치며 속이는 거야.

195   *페우(pheu)*, 그것이 전령처럼 이성의 목소리가 있다면,

내 마음이 두 갈래 되어 휘둘리지 않도록.

그러나 만약 그 머리털이 적의 머리에서 잘라 낸 거라면

그건 뱉어 내야만 해, 그건 분명히 알고 있다고.

그게 친족의 것이라면, 나와 함께 애도하며

200   이 무덤을 장식하고 아버지께 경의를 표할 수 있을 거야.

(하늘을 향해 팔을 뻗으며)

어떤 폭풍에 우리가 선원들처럼 휘둘리는지

알고 계시는 신들에게 호소하나이다.

우리가 구원을 만날 운명이라면

작은 씨에서 커다란 나무줄기가 생겨날 겁니다.

자, 발자국들을 보라고, 이게 두 번째 증거인데.   205

내 발자국들과 너무 닮았구나.

정말로 여기에 두 쌍의 발이 찍은 윤곽이 보이네.

하나는 그 자신의 것이고 하나는 동반자 것이야.

〈한 쌍은 내 것과 다르지만 다른 한 쌍의〉

발뒤꿈치와 힘줄이 찍은 자국을 재어 보니

나 자신의 발자국과 정확히 들어맞네.   210

산통(産痛)하듯 정신이 나가려 한다니까.

　(엘렉트라가 무덤에서 발자국의 흔적을 따라가며 오레스테스
가 숨은 곳까지 간다. 그러고 나서 고개를 들어 보니 낯선 사람
이 보인다.)

오레스테스　기도가 이루어졌다고 신들에게 선언하며

　　앞으로도 일이 잘되기를 기도하세요.

엘렉트라　아니, 신들의 도움으로 지금 무엇을 얻었다는 거죠?

오레스테스　당신이 오래 기도하며 찾은 사람이 바로 눈앞에 있어요.　215

엘렉트라　그럼 내가 사람들 중 누굴 부른다고 알고 있는 거요?

오레스테스　알고 있어요, 당신이 오레스테스를 매우 칭찬한다는 걸.

엘렉트라　그럼 대체 어떤 방법으로 기도한 것을 이루었다는 거죠?

오레스테스　내가 그 사람이오. 나보다 더 가까운 이 찾지 마세요.

엘렉트라　이방인이여, 무슨 속임수의 그물을 엮어 내게 던지는 거요?　220

오레스테스 그렇다면 내가 나 자신에게 계략을 꾸민 셈.

엘렉트라 뭐요. 내가 처한 불행을 비웃으려는 건가요?

오레스테스 당신 불행을 비웃는다면 나 자신의 불행도 비웃는 셈.

엘렉트라 그럼 오레스테스라는 거요, 내가 말을 건넨 그대가?

225 **오레스테스** 이렇게 직접 보고도 날 알아보지 못하다니.

　　무덤에서 잘린 이 머리털을 발견하고는

　　내 발자국 자취를 검사하고 날 보기라도 한 양

　　깃털을 곤추세우며 흥분해 놓고선.*

　　이 머리털을, 잘린 머리털에 대어 보고 살펴보세요.

230 　　그건 당신 남동생의 것이고 당신 머리털과 꼭 들어맞아요.

　　이 직물,* 누나 손으로 짠 작품을 보세요.

　　배튼으로 쳐서 생긴 흔적, 이 동물무늬!*

　　(엘렉트라가 달려들어 그를 포옹한다.)

　　자제해요, 기쁘다고 정신 줄 놓지 말고.

　　가장 가까운 친척이 우릴 모두 적대한다, 알고 있으니.

235 **엘렉트라** 오, 아버지 집안의 가장 귀중한 보물,

236 　　우리를 구원하리라 희망하며 눈물 흘린 씨앗이여,

238 　　기쁨 주는 눈빛이여, 날 위해 네 가지 역할을 하는구나.

　　반드시 널 아버지라 불러야겠고

240 　　내가 어머니에게 줘야 할 사랑도 너에게 가며

　　— 그녀는 정말 미움받아 마땅하니까 — 함께 씨 뿌려진 언니,

　　무참히 희생된 이피게네이아에 대한 사랑도 마찬가지로구나.

　　넌 믿음직한 동생이고 날 존경하는 유일한 사람이지.

〈너는 날 구원하려고 돌아왔구나, 정말로.〉 243a

용기로 너는 아버지의 집을 다시 찾을 거야. 237

오레스테스　오로지 힘의 신과 정의의 여신이, 세 번째로* 244

가장 위대한 신 제우스께서 나와 함께하시길 비나이다. 245

제우스 신이시여, 제우스 신이시여, 이러한 일을 굽어보소서.

아버지 독수리를 잃은 새끼들을 바라보소서.

아버지는 무시무시한 독사*에게 칭칭 감겨 죽었고

고아 된 아이들은 굶주림과 배고픔에 짓눌려

있습니다. 그들은 아직도 어른이 되지 못해 250

아버지가 사냥한 먹이를 둥지로 가져갈 수 없으니.

이렇게 당신께선 저와 여기 엘렉트라를 볼 수 있으십니다.

우리 두 사람은 아비 잃은 자식들로

집에서 쫓겨났습니다. 아버지가 희생 제물을 바쳐,

제우스 신이시여, 당신을 찬양했음에도 255

이 어린 새끼들이 죽어 없어지게 하시면 어디서 이 두 손이

바친, 풍성한 축제의 명예를 얻으실 수 있을까?

독수리 종족을 죽어 없어지게 하시면

다시는 믿음직한 전조를 인간에게 보내실 수 없을 겁니다.

이 왕가의 줄기가 완전히 시들어 버리면 260

황소의 희생 날에 당신 제단을 보살필 수도 없을 겁니다.

돌보아 주소서. 그리하시면 지금은 아주 몰락한 이 집을,

지금은 보잘것없으나 일으켜 세워 번영하게 하실 겁니다.

코러스　오 아이들이여, 아버지 화덕의 구원자들이여.

265 조용히 하세요. 아이들이여, 누가 듣고 혀를 놀려

이 모든 일을 통치자들에게 알리지 못하도록.

이 작자들이 역청을 덮어쓰고 불에 타 죽는 걸

내가 보게 되기를.*

오레스테스 아폴론 신의 강력한 신탁은 배반하지 않을 겁니다.

270 이러한 위험을 지나가라 명령하셨고

많은 것을 외치시며, 뜨거운 내 간장에

차디찬 겨울의 재앙이 찾아올 거라고 공표하셨습니다.

만약 아버지 죽음에 책임 있는 자들을 똑같은 방법으로

274 뒤쫓지 않는다면, 되갚아 죽이지 않는다면,

276 나 자신이 소중한 생명으로 복수의 실패를 갚고

277 많은 불쾌한 고통들을 겪게 되며

275 내 유산을 잃고서 분노하게 된다고,

278 인간을 적대하는 세력의 분노가 땅에서 일어난다고

드러내시고, 무시무시한 질병도 말하셨습니다.

280 피부를 공격하며 사나운 이빨로 깨끗한 부위를

먹어 치우는데, 그놈은 이끼 모양의 나병 걸린 궤양이고

그 병든 자리에선 하얀 머리털이 자라난다고 합니다.

아버지의 피에서 생겨난 복수의 여신들의

284 다른 공격에 대해서도 말하셨습니다.

286* 쓰러져 복수를 탄원하는 혈족에서 생겨난

하계의 권세가 겨냥한 어두운 화살이

광기와, 밤이 몰아온 텅 빈 공포와 함께

그를 어지럽혀 괴롭히고, 황동 입힌 채찍으로

그의 몸을 고문하고 나서 도시에서 추방한다고 합니다.* 290

그런 자는 혼주 항아리의 몫을 나눌 수도 없고*

상냥히 제주 바치는 일에도 참여하지 못하며

보이지 않는 아버지의 분노로 제단에서 쫓겨나게 됩니다.

어느 누구도 한 지붕 아래 살도록 받아 주지 않으니

그는 만물 파괴하는 죽음으로 비참하게 시들어 가며* 295

결국 아무 공경도 아무 친구도 없이 죽게 되겠죠.

이러한 신탁을 믿지 않을 수 있을까?

믿지 않더라도 그 일은 해야만 합니다.

많은 동기들이 한데 모여 한 방향을 지시하니까요.

신의 명령과, 아버지에 대한 큰 비탄과 300

재산 박탈로 내 마음은 짓눌려 있답니다.

그래서 사람들 중 가장 영광스러운 시민들,*

자신감으로 트로이아를 정복한 사람들이

한 쌍의 여자*에게 이렇게 복종해선 안 됩니다.

아이기스토스는 곧 알게 되리라, 제 마음이 여성인지 아닌지! 305

(오레스테스와 엘렉트라와 코러스가 아가멤논의 무덤 주위
에 모인다.)

코러스   자, 막강한 운명의 여신들이여, 제우스 뜻대로

지금 정의가 좇는 방향으로 만사가 이루어지게 하소서.

310 　"적대의 말을 적대의 말로 갚아라." 이렇게 빚진 것을 갚으라

　　요구하며 정의의 여신이 외치신다네,

　　"치명적 타격을 치명적 타격으로 지불하라."

　　행한 자는 고통을 겪는 법, 이는 아주 오래된 격언이라네.

오레스테스　아버님, 불행한 아버님,　　　　　　　　　(좌 1)

316 　당신께 무슨 말 하고 어떻게 행동해야

　　먼 곳에서 당신의 마지막 침대로

　　순풍을 보낼 수 있을까요?

320 　빛이 어둠을 마주 보듯 통곡이 망자에게 명예를 준다면,

　　이를 희열이라 부르리라,

　　여기 궁전 앞에 누워 계신 아트레우스의 아들은.

코러스　아이야, 망자의 혼령은　　　　　　　　　　(좌 2)

325 　화염의 맹렬한 이빨에 제압되지 않으니

　　마침내 분노를 터뜨리리라.

　　애통해하면 망자는

　　해치는 자로 나타나기 마련.

　　낳아 주신 아버님 위해 통곡하니

330 　통곡 소리가 크게 울려 요동치고

　　복수 찾아 나서게 되리라.

엘렉트라　아버님, 들어주소서,　　　　　　　　　　(우 1)

　　매번 우리의 눈물겨운 슬픔을.

　　아버님 무덤가에 두 자식이 만가(輓歌)를 부르며

335 　아버님에게 통곡하고 있으니, 보고 계시겠죠.

당신 무덤이, 탄원자며 도망자인 우릴 받아 주셨으니.

이 모든 것에 무엇이 선이고, 무엇에 악이 없을까?

파멸은 바닥에 메칠 수 없는 것 아닐까?*

코러스　그러나 이런 상황에도 신께서 원하시면　　　　　340

그대 노래를 상서로운 노래로 바꿀 수 있으리라.

무덤에서 부르는 만가 대신

왕궁 홀에서 울리는 파이안의 노래가,

새로 포도주 섞은 혼주 그릇을 환영하며 안내하기를.

오레스테스　아버님, 차라리 트로이아에서　　　　　(좌 3)

어느 뤼키아인의 창에 몸이 꿰어져　　　　　346

모든 무구(武具)가 약탈되셨더라면,

당신 집에는 명성을 남기시고

거리에선 모든 이 우러러보는　　　　　350

그런 삶을 아이들에게 주시며

바다 건너 땅 높이 쌓은 무덤을 가지신다면,

가문에는 견디기 쉬운 일이리라.

코러스　그곳서 용맹하게 전사한 자를　　　　　(우 2)

사랑하고 그들에게 사랑받고 대지 아래서도　　　　　356

사람들이 경외하는 통치자로 돋보이며

그곳 하계 가장 위대한 왕들의

각료가 되셨으리라!

살아생전 왕이셨으니, 양손으로　　　　　360

복종케 하는 홀을 휘두르시고

운명이 준 직분을 다하시며.

엘렉트라　아니 되옵니다, 아버님, (우 3)

트로이아의 성벽 아래 창에 쓰러진 백성들과

365　함께 죽어서 스카만드로스 강변에 묻히는 것도.

차라리 아버지 살해한 자들이

싸우다가 죽어야 했거늘.

그래서 지금 이러한 곤경은 알지 못하고

370　멀리서 그들이 치명적 운명을 당했다는

소식을 들으셔야 했거늘.

코러스　내 아이야, 황금보다 좋은 걸 바라는구나!

북풍 너머 사는 이들*의 커다란 행운

보다 더 큰 무엇을 말하는군, 그렇게 말하다니.

375　하지만 두 겹 채찍의 찢어지는 소리가

다가오는구나. 도움 주는 이는

이미 땅 아래 있고, 통치자의 두 손은 경건하지 못하네.

이자들은 저 가증스러운 고통을 낳은 원인이고

〈아버지에겐 치욕이며〉 아이들에겐 더더욱 그러하네.

오레스테스　그 말은 화살처럼 (좌 4)

381　내 귀를 관통해 지나가는구나.

제우스,* 제우스이시여, 아래에서,

대담하여 못할 짓 없는 폭력에 대항해

파멸을, 늦게라도 보복하는 파멸을 올려 보내시리라!

385　부모라 하더라도 죗값을 치르게 되리라!

코러스 맞아 쓰러진 남자와   (좌 5)

　죽어 가는 여자를 두고

　무리 지어 승전가를 부르는 일이

　내 몫이 되기를 바라노라.

　내 마음속 무슨 생각 맴도는지,   390

　왜 내가 숨겨야 할까?

　내 심장의 뱃머리 앞에서 원한 품은 증오,

　분노의 바람이 매섭게 불어닥치니.*

엘렉트라 언제나 기력 왕성한   (우 4)

　제우스 신이 그들에게 손을 대   395

　페우 페우(pheu pheu), 그들 머리를 박살 내 버리실까?

　이 땅을 두고 굳게 맹세하기를!

　불의(不義)의 자리에 정의를 요구하나이다.

　대지여, 존경받는 지하 신들이여, 제 말을 들어주소서!

코러스 핏방울 흘러내려 땅을 적시면   400

　다른 피를 요구하는 법이거늘.

　살육이 소리쳐 부르니

　복수의 여신은 이전에 도살된 자로부터* 일어나

　파멸에 또 다른 파멸을 더하는구나.

오레스테스 *포포이 다(popoi da)*, 하계의 강력한 통치자들이여,(좌 6)

　보십시오. 망자들의 저주여!*   406

　아트레우스 가문에 무엇이 남아 있는지 보십시오.

　아무 방책도 아무 명예도 없이 집에서 쫓겨났답니다!

오 제우스시여, 어디로 가야 하나이까?

코러스　이런 통곡 들으니　　　　　　　　　　(우 5)

411　　정말 내 심장이 요동치고

머리희망이 사라지며

이런 말을 들으니

내 오장육부가 검게 물드는구나.

415　　그러나 뭔가 용기를 말하면

확신이 고통을 대신하여

내 일이 잘 마무리되리라.

엘렉트라　무슨 말로 과녁을 맞힐 수 있을까?　　(우 6)

우리가 부모 때문에 고통을 겪은 게 아닌가?

420　　그녀가 아무리 꼬드겨도 결코 고통을 달래진 못하리라.

어머니로 치밀어 오른, 사나운 늑대 같은 우리 분노는

아무리 알랑거려도 결코 달랠 수 없으리라.

코러스　내 머릴 때리노라, 아리아인*인 양　　(좌 7)

킷시아*의 통곡하는 여인의 가락에 맞춰.

425　　내 양팔을 뻗어 때리며

머리털을 뜯고는 겹겹이 때리니 위에서,

아니, 아주 높은 곳에서 피를 튀기는 모습을 보겠구나.

내 불쌍한 머리는 매 맞는 소리를 되울리네.

엘렉트라　이오(iō), 이오(iō), 못할 짓 없는　　(좌 8)

430　　잔혹한 어머니여, 그건 잔인한 운구.

시민들이 자리하지도

애도와 통곡도 못하게 하며

감히 당신의 남편, 나라의 왕을 묻어 버렸구나!

오레스테스　너무 모욕적인 말! *오이모이(oimoi)*,　　　(좌 9)

그녀는 아버질 모욕한 일로 벌 받게 되리라.　　　　　　435

신들의 도움을 받아

내 이 두 손으로

그녀를 제거하고 나는 죽어 버리길.

코러스　(오레스테스에게) 알다시피 그분 몸도 토막 났으니* (우 9)

그를 묻어 버린 여자가 그 짓을 했구나,　　　　　　　440

그대가 사는 동안 아버지의 죽음이

견딜 수 없는 일이 되게 하려고.

아버지가 당한 치욕적인 고통을 들었는가?

엘렉트라　아버지의 죽음을 말하는군요. 나는 그곳에 없었고,(우 7)　445

아무 명예 없이, 없는 사람 취급을 당했다네.

아주 위험한 개처럼 집구석에 갇혀,

웃음보다 쉽게 눈물을 터뜨리고,

숨겨졌으나 눈물 가득한 통곡을 쏟아 냈어요.

이런 말을 듣고 마음에 새겨 두세요.　　　　　　　　450

코러스　새겨 두세요. 그 말을 귀에 관통시켜　　　　　(우 8)

마음속 깊고 조용한 곳에 닿게 하세요.

지금은 이러하지만

앞으로의 일은 아가멤논 자신이 알고자 열망하시니까요.

불굴의 의지로 경기장에 입장하세요.　　　　　　　　455

오레스테스 아버님께 말합니다. 가족과 함께하소서.　　　　(좌 10)

엘렉트라 눈물 흘리며 저도 목소릴 더해요.

코러스 여기 모인 우리도 함께 화답하여 외칩니다.

　　　귀를 기울여 주시고 빛으로 나오소서.

460　　적들에게 대항하여 우리와 함께하소서.

오레스테스 폭력과 폭력이 부딪치고 복수와 복수가 겨루리라! (우 10)

엘렉트라 *이오(iō)*, 신들이여, 정의에 따라 우리 기도를 이뤄 주소서.

코러스 이런 기도를 듣고 나니 내 몸이 슬며시 떨리네.

　　　오랫동안 망설인 운명이

465　　우리 기도에 응답하며 오소서.

　　　가족에서 생겨난 고통!　　　　　　　　　　(좌 11)

　　　피비린내 나고 귀에 거슬리는

　　　파멸이 가한 타격!

　　　이오(iō), 통탄할 일, 참을 수 없는 슬픔!

470　　*이오(iō)*, 통증이 멈추질 않네.

　　　고름 난 상처 치료할 면포 마개*가　　　　　(우 11)

　　　집 안에 있다네. 다른 외부인 아니라

　　　오로지 가족만이

　　　피투성이 여신, 잔인한 불화의 여신의 도움으로 치료하리라.

475　　이것이 지하의 신들과 함께 부르는 노래로다.

지복의 지하 권능이여, 이제 이 기도를 들으시고
기꺼이 아이들에게 원군을 보내 승리하게 하소서.*

(코러스가 아가멤논의 무덤에서 조금 떨어져 물러나고, 오레
스테스와 엘렉트라는 무릎을 꿇고 남아 있다.)

오레스테스 아버님, 왕답지 않게 돌아가신 아버님,
기도하오니 제가 당신 집의 주인이 되게 해 주소서.   480
엘렉트라 아버님, 저도 당신께 비슷한 것을 요구하나이다.
아이기스토스에겐 죽음을 낳으시고 제겐 남편을 주소서.
오레스테스 이렇게 당신께 인간의 관습인 잔치를 베풀 겁니다.
그게 아니면, 불에 타 냄새 좋은 제물을 대지가 받을 때
다른 망자들이 포식하나 당신께선 모욕당하실 겁니다.   485
엘렉트라 저도 당신께 제주를 가져와 바칠 겁니다,
결혼식 올릴 때 제가 아버지의 집에서 받은 유산 가운데.
무엇보다도 이 무덤을 공경할 겁니다.
오레스테스 대지여! 아버님을 보내 주소서, 내 싸움 지켜보시게.
엘렉트라 오, 페르세팟사*여! 아버님에게 잘생긴 승리를 허락하소서.   490
오레스테스 아버님, 당신 목숨이 끊어진 욕조를 기억하시라.
엘렉트라 그들이 신종 그물을 고안했다는 걸 기억하시라.
오레스테스 아버님, 금속이 아닌 족쇄에 삽히신 거예요.
엘렉트라 맞아요, 수치스레 고안된 계략의 외투에.
오레스테스 아버님, 이런 모욕에도 일어나지 않으실 건가요?   495

엘렉트라 반갑게 당신 머리를 똑바로 들어 올리지 않으실 건가요?

오레스테스 당신 가족에게 정의의 여신을 동맹군으로 보내 주시거나

　　아버님 붙잡은 놈을 마찬가지로 붙잡게 허락해 주소서,

　　당신이 패배한 후 돌아오는 경기에서 승리하길 바라신다면.

500　**엘렉트라** 아버님, 제 마지막 외침도 들어주소서.

　　당신의 무덤에 앉아 있는 이 병아리들을 보시고

　　계집은 물론 사내의 통곡도 불쌍히 여기소서.

오레스테스 여기 이 펠롭스의 후손을 닦아 내지 마소서.

　　그러면 비록 죽었더라도 아버님은 죽으신 게 아닙니다.

505　망자에게 자식들은 망자를 지켜 주는 명성입니다.

　　마치 코르크처럼 자식들은 심연까지 뻗친

　　아마(亞麻) 줄을 지키며 그물을 끌어 올린답니다.

　　들어주소서. 아버님을 위해 이렇게 통곡하나이다.

　　우리 말 들어주시면 스스로 구원하실 겁니다.

　　(기도를 마친 오레스테스와 엘렉트라가 자리에서 일어선다.)

510　**코러스** 그분께 길게 말한 것은 나무랄 데 없어요.

　　애도받지 못한 불행을 겪은 무덤에 보상했으니까요.

　　당신은 행동하기로 결심하였으니

　　이제는 운을 시험하며 나머지 일을 해야겠죠.

오레스테스 좋습니다. 한데 이렇게 물어보는 건 주로(走路)에서

515　벗어난 일이 아니오. 어떻게 그 여자가 제주를 보냈고

무슨 이유로 치유 못할 상처를 뒤늦게 보상하려는 거요?

의식 없는 망자에게 그 여자는 호의 아닌 호의를

베풀었으니까. 이런 짓은 어떤 비유로도 설명할 길 없소.

이런 선물은 그녀 죄에 견주면 턱없이 모자라는 것이고

한 사람이 흘린 피를 속죄하려 모든 것을 붓더라도   520

그런 수고가 모두 허사라는 말이 있으니까.

그걸 알고 싶으니 내게 말해 주시오, 아는 게 있으면.

코러스 알고 있어요, 내 아들아, 그곳에 있었으니까요.

그 불경한 여인은 꿈 때문에, 밤에 배회하는 무서운 존재 때문에

몸을 떨며 이러한 제주를 보낸 겁니다.   525

오레스테스 어떤 꿈인지 알고 있소? 정확히 말해 주게나.

코러스 그녀 자신 말로는 뱀 새끼를 낳았다고 상상했어요.

오레스테스 그럼 그 이야기는 절정에 이르러 어디서 끝났소?

코러스 뱀 새끼를 아기인 양 안전하게 포대기로 쌌어요.

오레스테스 이 새로 태어난 짐승, 그것이 어떤 먹이를 원했소?   530

코러스 꿈속에서 그녀 자신이 그 짐승에게 젖을 물렸대요.

오레스테스 어떻게 젖꼭지가 가증한 짐승에게 상처입지 않은 거요?

코러스 젖을 빨았는데 젖에는 핏덩이가 섞여 있었다고 하네요.

오레스테스 꿈에서 그 여자가 본 환영은 결코 헛되지 않을 거요.

코러스 그 여자는 잠을 자다 깜짝 놀라 비명을   535

질렀어요. 어둠으로 장님이 된 집 안 많은 화로들이

여주인 때문에 다시 불타오른 거예요.

그리고 그녀는 이렇게 애도하는 제주를 보냈는데

통증을 잘라 치료하길 희망하며 말이죠.

오레스테스   그럼, 이 꿈이 날 위해 이루어지기를,

540

여기 대지와 아버님의 무덤에 비나이다.

자, 그 꿈이 꼭 들어맞는다고 해석하겠소.

만약 내가 태어난 곳과 같은 곳에서 뱀이 나와

포대기에 서식지를 발견하고는

545 날 기른 젖가슴에 입을 열어

사랑 깃든 젖에 핏덩이를 섞이게 했다면,

이런 일 무서워하여 그녀가 비명을 질렀다면,

그러면 이런 놀랍고 두려운 징후를 양육했듯이

그녀는 틀림없이 폭행으로 죽을 운명이오. 이 꿈이 분명히

550 말해 주듯 바로 내가 뱀이 되어 그녀를 죽이겠소.

코러스   그렇습니다. 이런 문제의 예언자로 당신을 선택하겠어요.

그렇게 되기를! 이제 다른 일은 친구들에게 설명하세요.

누구에겐 무슨 일을 하라 하고, 누구에겐 하지 말라 하세요.

오레스테스   그 이야기는 간단합니다. 여기 누나는 집 안으로

555 들어가고 여러분은 나와 합의한 걸 비밀로 하시오.

그래서 저 유명한 분을 계략으로 살해한

그들이 계략에 넘어가 똑같은 올가미를 쓰고

죽게 될 것이오. 과거에 결코 거짓말한 적 없는

예언자 록시아스 아폴론 왕께서 예언하신 대로.

560 한 보따리 짐을 싸 든 여행자로 위장하고

여기 이 사람 퓔라데스와 함께 궁전 정문에 다가갈 것이오.

— 필라데스는 이 집안의 손님이고 동맹자니까 —
우리 두 사람은 파르낫소스의 억양으로 말하고
포키스의 사투리를 흉내 낼 것이오.
사악한 악령이 집 전체를 사로잡고 있으니 565
어떤 문지기도 반갑게 우리를 맞이하진 않을 거요.
그러면 우린 기다릴 것이오, 어떤 이가
궁전을 지나며 우리가 누구인지 추측하여 말할 때까지.
"왜 아이기스토스는 대문을 잠그고 탄원자를
막는 거야? 집 안에 있고 그 사실을 아는데도." 570
어쨌든 내가 정문의 문턱을 넘어가서
그자가 부친의 왕좌에 앉아 있는 걸 발견하든가,
아님 그가 집에 도착해서 얼굴을 마주 보며 내게 말하든가.
내 확신하건대 "방문자는 어디에서 왔느냐?"
이런 말을 꺼내기도 전에 그를 보자마자, 발 빠른 575
검으로 둘러쳐서 송장으로 만들겠소.
그리고 피가 부족하지 않은 복수의 여신은
세 번째로, 섞지 않은 피를 들이마실 것이오.
(엘렉트라에게) 자, 그러하니 누나는 집안일을 잘 돌봐 주세요,
이렇게 준비한 일이 잘 맞아떨어지도록. 580
(코러스에게) 여러분에겐 올바른 말만 하며 침묵하라고
조언하는데, 필요할 때 침묵하고 상황에 맞는 말을 하라는 거요.
나머지 일은 여기 헤르메스 신께서 살펴보시고
칼싸움 경연에서 절 올바르게 인도하시길 비나이다.

(엘렉트라는 궁전 안으로 들어가고, 오레스테스와 필라데스
는 위장하기 위해 퇴장한다.)

코러스　대지가 낳아 기른 많은 것들, 　　　　　　　　(좌 1)

586　　무시무시한 재앙을 낳는구나.

　　　바다 품속엔

　　　해로운 괴물들이 넘쳐 나고

　　　하늘과 대지 사이

590　　높이 불타오르는 횃불은*

　　　날개 달린 새와 다리 달린 짐승에게 해악을 끼치니

　　　바람 드센 폭풍의 분노를 말하리라.

　　　그러나 누가 말할까, 　　　　　　　　　　　　(우 1)

595　　너무 대담한 사내의 자부심을?

　　　누가 말할까,

　　　무모한 여자의 욕정, 거리낌 없고 파멸의 동무인 욕정을?

　　　여자 제압하는 경솔한 욕정은

　　　짝짓는 자웅의 결합을

600　　정복하여 타락시키니

　　　짐승과 인간 모두에게 그러하리라.

　　　생각이 가볍지 않은 자, 누구든 　　　　　　　(좌 2)

　　　이것을 알게 하라.

테스티오스의 딸 알타이아*가   605
사전 숙고하여 꾸민 계획을 알아라.
이 잔인한 여자가 제 아들을 죽였구나.
멜레아그로스, 그가 어머니 자궁에서 나와
첫울음을 떼고 난 이후로
그 여자는 아들과 같은 나이의 황갈색   610
나무토막을 남김없이 태우려고 불을 붙였구나.
운명이 정한 날까지 그의 수명은 나무토막과 똑같았으니.

혐오스러운 또 다른 이야기가 있으니,   (우 2)
피비린내 나는 처녀의 이야기라네.
적을 위해 가장 가까운 가족을 죽인   615
처녀 스퀼라*는
미노스의 선물인 크레타산 황금 목걸이에 설득되어,
아버지 니소스가 아무 대책 없이
잠에 빠져 숨을 내쉴 때,
이 개 같은 마음의 처녀가   620
그의 머리에서 불멸의 머리털을 잘라 버리자
헤르메스는 그를 하데스로 데려갔구나.*

이런 무자비한 고통을 말했으니   (좌 3)
집안에 가증스러운 일,
혐오스러운 교미*를 말하고   625

백성이 섬기는 사내, 무기 든 사내에게 대적하며

계교를 꾸미는 여자를 말하는 게

적절하리라.

뜨겁지 않은 가정 화로와

630   기백 넘치지 않는 여자를 존중하노라.

악행들 중 렘노스의 악행*이   (우 3)

가장 으뜸인 이야기라네.

그 사건을 렘노스인들이 애통해하고 증오하니

이후 일어난 끔찍한 일은 렘노스의 재앙에 비긴다네.

635   여자들이 퍼뜨린 오염, 신들이 증오한 오염으로

렘노스 종족이 사라졌으니, 모두에게 모욕당한 것이라.

아무도 존중하지 않았으니, 신들이 미워하는 것을.

여기 수집한 이야기들 중 무엇이 옳지 않게 끌어댄 것인가?

여기 이 검은 예리하게 꿰뚫어   (좌 4)

640   허파를 찌르며 상처를 주는구나.

부당하게도, 정의의 여신께서

땅바닥에 쓰러져

발아래 짓밟히고 계시니,

부정의하게도, 누가 제우스의

645   엄숙한 왕권을 완전히 무시할 제.

그러나 정의의 여신의 토대가 굳게 세워져 　　　　　　(우 4)

대장장이 운명의 여신이

이미 칼을 벼리고 있구나.

오래전 뿌린 피로

얼룩진 오염을 마침내 징벌하라고, 　　　　　　　　　650

아이를 집으로 인도하시네,

생각 깊은 저 유명한 복수의 여신이.*

(오레스테스와 퓔라데스가 포키스에서 온 여행자로 위장해 다시 등장한다. 오레스테스는 궁전 대문으로 올라가 대문을 반복해서 두드리기 시작한다.)

오레스테스 아이야, 아이야! 대문 두드리는 소리가 들리느냐?

안에 누구? 아이야. 아이야, 또 부른다. 집 안에 누가 있느냐?

이번이 세 번째로 부르는 게다. 집에서 나오너라. 　　　　655

아이기스토스의 허락으로 이 집이 손님을 환대한다면.

문지기 알았어요. 들린다고요. 손님은 어디서 오셨나요? 어디서?

오레스테스 집주인에게 내 말을 전해 주어라,

그분에게 새로운 소식을 가져왔다고.

어서 서둘러라. 밤이 어두운 마차를 타고 　　　　　　660

빠르게 다가오니까. 모든 손님을 환대하는

집에 나그네가 닻을 내릴 시간이다.

이 집에서 최종 권한을 가진 분이 나오시게 하라.

주인마님 말이다. 하지만 남자분이 나오는 게 더 적당할 거다.

665　서로 대화하다 부끄러우면 이야기가 모호해지니까.

남자들끼리는 거리낌 없이 말하고

뜻하는 바를 분명히 밝히니 말이다.

(문이 열리고 클뤼타이메스트라가 시종들과 함께 등장한다.)

클뤼타이메스트라　나그네들이여, 필요한 게 있으면 말해 주세요.

이런 집엔 그에 어울리는 온갖 것이 준비되어 있으니까요.

670　뜨거운 목욕물, 피로 없애는 잠자리.

그리고 예절 바른 얼굴들이 곁에 있을 거예요.

더 숙고할 필요 있는 다른 일을 해야 한다면

그건 남자들 일이니 그들에게 알릴게요.

오레스테스　여기 나그네는 포키스의 다울리아에서 왔소.

675　내 짐을 나르며 아르고스로 여행했고

이곳에 내 발에 찬 멍에를 벗긴 것이오.

그때 길에서 마주친 어떤 이가, 우린 서로 모르는 사인데,

내 행선지를 묻더니 그게 분명해지자 포키스 사람

스트로피오스라 하며 — 대화 중에 이름을 알게 되었으니까 —

680　이렇게 말했소. "나그네여, 어차피 그대가 아르고스로

간다 하니 오레스테스의 죽음을 제발 잘 기억해 두고

그의 부모에게 전해 주시오. 어떤 경우라도 잊지 마시오.

그를 집으로 데려가겠다고 가족이 결정하는지,

아니면 외국인 거주자, 영원한 이방인으로 매장하려 하는지,

이와 관련해 가족이 일러 준 결정을 다시 알려 주게나. 685

충분히 애도한 그 남자의 유골이

지금 청동 단지의 벽 안에 숨어 있으니까."

이런 말을 듣고 전하는 거요. 한데 실제로

관련자와 친척에게 소식을 전하는 건지 모르겠으나

그의 부친이 아는 것이 적절하다 하겠소. 690

클뤼타이메스트라   *오이(oi)*, 내가, 우리가 완전히 망했다는 말이군요.

맞붙어 싸우기 힘겨운 이 집안의 저주여,

너는 어찌하여 길 바깥에 놓인 것조차 매번

주목하는가. 멀리서 화살을 잘 겨냥해 맞히고

내게서 사랑하는 가족을 앗아 가느냐! 695

이젠 오레스테스가…… 그 애는 지혜롭게 처신하여

죽음의 진창에서 발을 빼고 지냈건만.

집안의 희망, 복수의 여신들이 벌이는 사악한 술잔치를

치유할 희망이었으나, 이제는 우릴 저버렸다고 하여라.

오레스테스   저는 좋은 소식을 전했으니 700

이처럼 번영한 집의 주인들과 알고 지내며

손님으로 환대받고 싶습니다. 손님과 주인의

교분보다 무엇이 더 이로울까요?

그러나 친구를 위해 그런 임무를 다하지 않는다면

저는 그것을 내심 불경스러운 일로 여긴답니다. 705

그렇게 한다고 약속하고 손님으로 대접받았으니까요.*

클뤼타이메스트라　당신이 받을 보상보다 적지 않고

또 어느 친구 못지않은 이 집안의 친구가 될 겁니다.

어쨌든 또 어떤 이가 이 소식을 전하러 왔을 거요.

710　그러나 손님들은 하루 종일 먼 길을 여행했으니

이제는 합당한 접대를 받을 시간이군요.

(하인들 중 한 명에게) 남자들 환대하는 객실로

이분과 그를 뒤따라온 동료 나그네를 안내하고

그곳에서 그들에게 어울리는 접대를 하여라.

715　명령이다, 책임지고 그렇게 하여라!

(오레스테스와 필라데스에게) 그동안 집주인에게

이 소식을 알리겠소. 친구들이 부족하지 않으니

이 불행한 일을 함께 의논할 것이오.

(클뤼타이메스트라가 궁전 안으로 퇴장한다. 하인 중 한 명이

오레스테스와 필라데스를 궁전 안으로 안내한다.)

코러스　자, 집안일 하는 내 친구들이여,

720　정말, 언제 오레스테스를 도우려

우리 입술의 힘을 보여 줄 수 있을까?

오 강력한 대지여, 지금 함대 지휘관 왕의

송장 위 쌓인 강력한 흙무덤이여!

725　이제는 들어주소서, 이제는 도와주소서,

이제는 교활한 설득이 오레스테스와 함께

경기장에 입장할 시간이어라,

하계의 헤르메스, 밤의 헤르메스가 목숨 건

칼싸움 시합을 지켜볼 시간이어라.

(오레스테스의 유모 킬릿사가 궁전에서 나와 등장한다.)

코러스 그 남자 손님이 무슨 폐를 끼친 모양인데. 730

오레스테스의 유모가 눈물 흘리며 오는 걸 보니.

킬릿사*여, 궁전 문턱을 넘어 어디로 가는 게요?

슬픔이란 놈은 보수도 없이 당신과 동행하는 여행자군요.

유모 손님들 만나도록 가능한 한 빨리 아이기스토스 님을

불러오라고 마님이 명령하셨지. 그가 와서 대면하면 735

새로 보고한 소식을 보다 분명히 알 수 있을 거라고.

하인들 앞에선 마님이 슬픈 얼굴 지었지만

얼굴 아래엔 일어난 일로 웃음을 감추었지.

그 여자에게 그 일은 좋은 것이지만,

손님들이 또렷하게 전한 소식으로 740

이 집안 사정은 심하게 나빠졌다고.

분명 듣자마자 아이기스토스는 제 마음이 기뻐하겠지,

그걸 알게 되면 말이지. 나는 참 불행한 사람!

나는 예로부터 아트레우스의 집에서 일어난

참기 어려운 온갖 종류의 고난을 보면서 745

가슴속 내 마음은 심한 고통을 겪었지만

이런 종류의 슬픔은 아직 견뎌 본 적 없어.

내 귀여운 오레스테스, 노고로 내 기력을 닳게 한 녀석,

그 아이를 엄마의 자궁에서 받자마자 길렀는데

750　카랑카랑 울며 수도 없이 보채는 소릴 듣고

밤엔 동분서주하며 온갖 귀찮은 일 참았는데

이젠 아무 이득도 없는 일이 되어 버렸네.

지력 없는 어린아이는 짐승과 같으니

보모의 지력으로 길러야만 한다고, 그야 물론이지.

755　아직도 아이가 포대기에 싸여 있을 땐 말할 수 없거든,

배가 고프든 목이 마르든 쉬가 마렵든.

어린아이의 배는 자신만을 주인으로 섬기거든.

이런 일은 미리 알아야 했건만, 가끔 실수하니까,

상상해 보면, 아이 포대기를 빨아야만 하지.

760　거참, 세탁부와 보모 역할을 모두 동시에 해낸 셈.

내가 정말 이런 두 가지 재주를 부리며

아버지를 위해 오레스테스를 길렀던 거야.

이제 그 아이가 죽었다고 하니 난 정말 딱한 여자로군.

한데 이 집을 더럽힌 사내에게 가고 있다니,

765　그 작자는 기꺼이 이 소식을 듣고 기뻐하겠지.

코러스　그러면 그자가 어떻게 준비해 오라고 마님이 말하셨나요?

유모　'어떻게'라니? 다시 말해 주게, 분명히 알아듣게.

코러스　호위병들과 함께 오라는 건가요, 아니면 혼자선가요?

유모　그의 수행 창수(槍手)들을 데려오라고 말하셨네.

코러스 이런, 그대는 증오하는 주인님께 그 전갈을 알리지 말고   770
가능한 한 빨리 가서는, 기쁜 마음으로 혼자서 오시라고
말하세요. 소식을 전한 손님들이 놀라지 않게 말이죠.
전령의 손은 굽은 이야기도 곧게 편다니까요!

유모 뭐라고, 방금 전 전해진 소식이 기쁘단 말이오?

코러스 그래요. 불행 벗게 제우스가 변화의 바람을 보내 주신다면.   775

유모 어떻게 가능할까? 이 집의 희망 오레스테스가 사라졌는데.

코러스 아직은 아닙니다. 엉터리 예언자도 그 정도는 판단할 거요.

유모 무슨 말인가? 보고된 소식과는 다른 뭔가를 알고 있나?

코러스 가서 전하세요. 지시받은 대로 하세요.
돌봐야 하는 일은 그게 뭐든 신들이 돌보는 법이죠.   780

유모 자, 가네. 그대의 제안대로 하겠네,
신들의 도움으로 만사가 잘되기를.

(유모가 퇴장한다.)

코러스 지금 제가 간청하나이다.   (좌 1)
올림포스 신들의 아버지 제우스시여
이 집 주인이 구원의 빛   785
보기를 열망하니 행운이 찾아오게 해 주소서.
정의에 따라 모두 큰 소리로 외쳤으니
제우스시여, 그를 지켜 주소서.

제우스시여, 들어주소서. 집 안의 그 사내를 　　　　　　(중가 1)

790　적들보다 우세하게 하소서. 그를 위대하게 높이시면

이중 삼중으로 보상받으시고

기뻐하시리라.

아십시오, 마차에 매인 고아 된 망아지가 　　　　　　　(우 1)

795　당신께 소중한 남자의 아들이란 걸.

경주로를 달려갈 때

일정한 속도를 조절하시고 리듬을 더하시어,

망아지가 다리를 뻗어

경주로를 완주하는 걸 보게 해 주소서.

부유함 누리는 십 안 창고를 　　　　　　　　　　　　(좌 2)

801　돌보시고 우리와 한마음인 신들이시여,*

들어주소서.

우리 주인을 다시 돌려주시고

과거 행위로 흘린 피를 새로운 정의로 닦아 주소서.

805　오래된 살인이 집 안에서

더 이상 제 자식을 낳지 않기를.

아폴론이시여, 　　　　　　　　　　　　　　　　　(중가 2)

웅장하게 잘 지은 궁전 정문에 거주하는 신이시여.

사내의 집이 즐거이 제 머리를 들어 올려

어둠의 면사포를 벗고 반가운 얼굴로　　　　　　810
자유의 찬란한 빛을 바라보게 해 주소서.

정의롭게 그를 도와주시길,　　　　　　　　(우 2)
마이아의 아드님 헤르메스께선 하고자 하시면
가장 큰 호의로 행위의 돛에 순풍을 불어 주시니.
많은 감춰진 것들 뚜렷이 드러내시나,*　　　815
꿰뚫어 볼 수 없는 말로*
밤엔 눈앞에 어둠을 던지시고
낮엔 더 이상 분명하지 않으시구나.

이 집의 해방을 마침내　　　　　　　　　(좌 3)
유명한 가락으로 노래하리라.　　　　　　820
순풍을 불어 주는 여성적 가락이고
카랑카랑한 반주에 마법사들이 부르는 노래로구나.
"순조롭게 항해하네,
내 재미가, 내 재미가 여기서 부풀어 오르고
파멸은 내 친구로부터 멀리 떨어져 있구나!"　825

행동할 시간이 왔으니 당신은 용기를 내세요.　(중가 3)
그녀가 당신에게
"내 아들아!" 울부짖으면,
"아버지의 아들!" 큰 소리로 말하고

830   파멸을 마무리하여 비난받지 마세요.

당신 가슴에 페르세우스의   (우 3)

용기를 갖고 견디세요.

지하의 친구와

지상의 친구*에겐 앞장서 호의를 베푸나

835   집안의 사악한 고르고*에겐

피 흥건한 파멸을 안겨주세요.

죄 없는 죽음, 아폴론이 명령한 죽음이니.*

(아이기스토스가 혼자서 등장한다.)

아이기스토스   내가 왔다, 부르지 않은 게 아니라 사자(使者)가

불러서. 듣자 하니, 어떤 나그네들이 새 소식을 가져왔다고.

840   전혀 달갑지 않네, 오레스테스의 죽음 말이다.

그의 죽음으로 이 집은 또다시 피가 뚝뚝 듣는

짐을 짊어지겠구나. 과거 살인으로

베어진 상처가 곪아 터져 아직도 따끔거리건만.

이게 모두 뭘까? 이 소식을 눈뜬 진실로 여겨야 하나?

845   아니면 여자들이 겁에 질려 하는 말로

공중에 튀어 올라 헛되이 죽어 버리는 것일까?

이런 일에 무슨 말로 너는 내 마음을 밝혀 줄까?

코러스   저희도 듣기만 했을 뿐입니다. 안으로 드셔서

나그네에게 물어보시지요. 직접 대면하여 스스로

알아보는 것보다 더 뛰어난 사자는 없으니까요.   850

아이기스토스 내 직접 그 사자를 만나 자세히 물어보겠다.

자신이 죽은 자 곁에 있었는지, 아니면

희미한 소문만 듣고 헛되이 말하는 것인지.

그 시선 날카로운 내 마음은 결코 속지 않을 거야.

(아이기스토스가 궁전 안으로 퇴장한다.)

코러스 제우스시여, 제우스시여, 무슨 말을 해야 하나요?   855

어떻게 기도를 시작해 신들께 간청하고

충심으로 알맞게 말하고 나서

어떻게 기도를 마칠 수 있을까요?

지금 아가멤논 가문이

피로 얼룩진 도살의 칼날에   860

토막 나서 영원히 사라지든가,

아니면 오레스테스가 자유를 위해

불을 켜고 빛을 밝혀

도시의 통치권과

부친의 많은 재산을 되찾으리라.   865

그런 레슬링 시합에서 신과 같은 오레스테스가

앞 시합*이 끝나길 기다리며 홀로 두 적수와

맞붙으려 하네요. 부디 오레스테스가 승리하기를.

아이기스토스　(안에서 비명 소리) *에 에, 오토토토이(e e, otototoi).*

870　**코러스**　*에아(ea) 에아(ea)*, 들어 보세요.

무슨 일이 일어난 거지? 집 안 일이 어떻게 마무리되었을까?

거사가 끝나 가니 멀리 떨어져 있자고.

그러면 이 불행한 사건에 우리는 책임 없어 보이겠지.

싸움의 승패가 결정 난 게 분명하니까.

(하인이 정문에서 허겁지겁 달려 나온다.)*

875　**하인**　아이고, 완전히 망했다. 주인님이 맞아 쓰러지셨다고요.

아이고. 아이고, 세 번째로 말합니다요.

아이기스토스는 이제 세상 사람이 아닙니다요.

(그는 미친 듯이 여인들 거처의 대문을 두드린다.)

자, 문 열라고 어서 당장. 여인네들 방문의

빗장을 풀라니까. 아주 건장한 친구가 필요해 —

880　이미 끝장난 자를 도우려는 건 아닌데. 뭔 말하는 거지?

이우(iou) 이우(iou).

귀머거리한테 소리치며 잠자는 사람을 헛되이 부르는구나.

클뤼타이메스트라는 어디 계시냐? 뭘 하고 계시냐?

이제 그녀의 모가지는 정의의 여신이 내려친

식칼에 맞아 도마 옆에 굴러 떨어지겠구나.

(클뤼타이메스트라가 등장한다.)

클뤼타이메스트라   무슨 일이냐? 집 안에서 웬 고함을 지르는 게냐?   885

하인   죽은 자가 산 자를 죽인다고요.

클뤼타이메스트라   오이*(oi)*, 나는 알겠다, 수수께끼 같은 말을.

속임수로 죽였듯이 속임수로 죽는구나.

누가 당장 사내 잡는 도끼를 가져오너라.

우리가 승리할지 패배할지 보자꾸나.   890

지금은 정말, 이런 위기 상황이니까.

(오레스테스가 손에 칼을 들고 중앙 대문을 통해 등장한다.)

오레스테스   바로 당신을 찾고 있었다. 이자는 충분한 대접을 받았으니.

클뤼타이메스트라   오이*(oi)* 나는,

죽었나요? 오 내 사랑, 강력한 아이기스토스여.

오레스테스   그 사내를 사랑한다고? 그러면 같은 무덤에 눕게

되리라. 그자가 죽었으니 결코 그를 배신하지 못하겠네.   895

클뤼타이메스트라   멈춰라, 내 아들아. 이 젖가슴을 공경하여라.

영양 많은 젖을 네 잇몸으로 빨면서

수도 없이 젖가슴에 기대어 잠들었으니.

(퓔라데스도 무장을 하고 등장해 오레스테스와 합류한다.)

오레스테스   퓔라데스, 어찌해야 하지? 어머니 죽이는 걸 꺼려야 하나?

퓔라데스   그러면 록시아스가 전한 퓌토의 신탁과 우리의   900

충성 맹세는 앞으로 어떻게 될까? 신들이 아니라,

차라리 모든 사람을 그대의 적이라 생각하게.

오레스테스   판단하건대, 그대가 이겼네. 내게 충고 잘했어.

따라오라. 여기 이자 옆에서 당신을 죽여 제물로 바치겠다.

905 살아서는 그자를 내 아버지보다 더 중히 여겼으니.

죽어서는 그자와 함께 잠자리에 들라. 여기 이자를 사랑하고

마땅히 사랑해야 할 자는 미워했으니.

클뤼타이메스트라 내가 널 길렀으니 너와 함께 늙고 싶구나.

오레스테스 내 아버질 죽이고도 나와 함께 살겠다고?

910 **클뤼타이메스트라** 운명이, 내 아들아, 이 일의 원인이란다.

오레스테스 그럼 바로. 이런 죽음을 마련한 것이 운명이다.

클뤼타이메스트라 부모의 저주를 두려워 않는 게냐, 아들아?

오레스테스 날 낳은 여자가 날 비참 속에 내던졌다.*

클뤼타이메스트라 널 내던진 게 아니라 친구의 집에 보낸 거야.

915 **오레스테스** 자유인의 아들이지만 수치스럽게 팔려 간 거야.*

클뤼타이메스트라 그럼 널 팔고 받은 대가가 대체 뭐란 말이냐?

오레스테스 부끄러워라, 그 대가 밝혀 너를 비난하려니.*

클뤼타이메스트라 아니, 공평하게 네 아비의 못난 욕정도 말해라.*

오레스테스 집에 앉아, 밖에서 수고하는 남자를 나무라지 마라.

920 **클뤼타이메스트라** 남편과 떨어지는 건 여자에겐 고통이란다, 아들아.

오레스테스 남편은 힘들게 수고해 집에 있는 여잘 먹여 살린다고.

클뤼타이메스트라 지금 바로, 아들아, 기어이 네 어밀 죽이려 하네.

오레스테스 널 잡아 죽이는 자는 내가 아니라 너 자신이다.

클뤼타이메스트라 봐라, 어미의 분노한 개, 복수의 여신을 조심해.

925 **오레스테스** 하나 이 일 그르치면 아버지의 개들은 어떻게 피할까?

클뤼타이메스트라 살아 무덤에 헛되이 애도 노랠 부르는 것 같네.*

오레스테스 아버님이 흘린 피가 너에게 이런 죽음을 결정한 거다.

클뤼타이메스트라 *오이(oi)*, 내가 이런 뱀을 낳아 길렀구나.

　내가 두려워한 꿈, 그게 정말 참된 예언자였어.

오레스테스 죽였으니, 죽여선 안 될 사람을. 이젠 겪어선 안 될 고　930
통을 겪어라.

　(오레스테스와 퓔라데스는 클뤼타이메스트라를 앞세워 궁전
안으로 퇴장한다.)

코러스 이들 두 사람이 맞이한 이중의 불행도 슬퍼하노라.

　하지만 많은 시련 겪은 오레스테스가 이 모든 유혈의

　정상에 도달했으나, 바라노라,

　집의 빛나는 눈이 떨어져 완전히 파괴되지 않기를.

　마침내 찾아왔구나, 정의가 프리아모스의 아들에게,　　(좌 1)

　엄한 벌을 가한 복수로구나.　　　　　　　　　　　　936

　이제는 아가멤논의 집으로

　이중의 아레스 신,* 이중의 사자(獅子)가 찾아왔구나.

　퓌토에서 신탁을 구한 망명자가

　신의 조언으로 박차를 가하여　　　　　　　　　　　　940

　경주를 마쳤다네.

　승리의 환호를 올려라!　　　　　　　　　　　　　　(중가 1)

오염된 두 남녀가

불행을 가하고 재산을 탕진했으나

945 그런 통곡할 운명에서 우리 주인의 집이 벗어났으니.

찾아왔구나, 음흉한 싸움 즐기는 (우 1)

교활한 보복의 여신이,

제우스의 진정한 따님이

— 그녀를 정의의 여신이라 부르면

과녁에 명중이다 —

전사의 손을 건드리며

적들에게 치명적 분노를 몰아 내쉰다네.

파르낫소스 땅, 깊은 골짜기 (좌 2)

거주하는 록시아스 아폴론이

955 속임 없이 선언하셨구나,

정의의 여신이 기만당해 피해 입었으나

오래 시간 지나 공격하셨다고.

신의 권능이 항상 우세하니 악한 자를 돕지 않는 법.

960 합당하구나, 천공에 거주하는 통치자를 경배하는 일은.

빛을 바라볼 수 있구나. (중가 2)

집을 묶은 거대한 굴레가 벗겨져 나갔으니.

집이여, 일어서라, 너무 오랫동안

땅바닥에 쓰러져 누워 있었으니.

곧 전권(全權) 가진 왕자님이 　　　　　　　　　　　　　(우 2)
집 문턱을 넘게 되리라, 　　　　　　　　　　　　　　　966
그분이 정화 의식으로 파멸을 내쫓고
화롯가에서 온갖 오염을 추방할 제.*
얼굴 아름답고 보기도 상서로운
행운이 또다시 뚝 떨어져서 　　　　　　　　　　　　970
집의 새로운 거주자가 되리라.*

(이동식 무대 장치가 중앙 대문에서 굴러 나온다. 오레스테스
가 보이는데, 그는 클뤼타이메스트라와 아이기스토스의 사체
곁에 서 있다. 오른손엔 검을 들고 왼손엔 탄원자의 올리브 나
뭇가지 화관을 들고 있다. 몇몇 수행원들이 그의 뒤를 따르고,
그중 두 사람은 주름진 옷을 들고 있다.)

오레스테스　　보라, 이 땅의 참주 한 쌍, 내 아비를 살해하고 　　　973
　　내 집을 약탈한 자들! 당시 왕좌에 앉아 꽤나 위엄 있었는데,
　　지금도 여전히 다정한 연인이고, 둘의 고통으로 짐작하듯, 　　975
　　맹세로 약속한 바를 따른 것이다.
　　함께 내 불쌍한 아버지를 죽이고 함께 죽겠다고
　　맹세했으니, 맹세가 잘 지켜졌소. (옷을 가리키며)
　　이런 범죄를 들었으니,

980 보라, 불쌍한 아버님을 결박한 장치를!

바로 아버지의 두 팔과 두 손을 구속했던 것.

(시종들에게) 옆에 빙 둘러서서 그것을 펼쳐라.

보시게, 아버지께서 — 내 아버지가 아니라,

이 모든 일 내려다보셨던 제우스 말이다 —

985 사람 가리는 덮개를 보여 드려라.

987* 언젠가 재판이 열리면 그분이 날 위해 나타나셔서,

내가 이렇게 어머닐 죽이려 애쓴 일이 옳았음을 증언하실 거다.

아이기스토스의 죽음은 계산에 넣지 않는데,

990 관습에 따라 그자는 간통한 자가 받을 벌을 받았으니까.

(이미 잘 펴진 옷을 향해 팔을 뻗으며)

997* 이 물건은 대체 뭐라 불러야 정확히 맞아떨어질까?

짐승을 잡는 것이나, 관 속 송장의 발까지 덮는

욕조의 장막이라 할까? 아니, 그물이고 올가미지,

1000 발을 얽어매는 의복이라 불러야겠지.

이런 종류 물건은 도둑놈이 지니고 다니는데

나그네를 속이고 돈을 강탈하며 살아가는 거요.

이런 음흉한 도구로 많은 사람을 죽이고

1004 마음속으론 열나서 기뻐하다니 말이오.

991 그러나 이 여자는 남편에게 이런 가증스러운 장치를

고안했던 것이오. 그리하여 허리띠 아래 아이들의

무게를 느꼈을 때, 아이들은 한동안 그녀와 한 가족이었으나

그녀의 죽음이 보여 주듯, 해로운 적이 되고 말았소.

이 여자를 어떻게 생각하오? 바다 뱀장어나 독사처럼

물지 않고 건드려도 살을 썩게 만들 거요.   995

그렇듯 이 여자가 뻔뻔하고 마음이 사악하기 때문 아니겠소?   996

내 집에선 결코 그런 여자를 아내로 얻지 않기를.   1005

그러기 전에 자식도 없이 신들에게 죽고 싶소이다.   1006

코러스   아이(ai) 아이(ai), 이 무슨 참담한 짓이란 말인가.   (좌)

이 여자는 혐오스러운 죽음으로 끝장났구나.

에헤(ehe),

남아 있는 그에겐 고통의 꽃이 활짝 피게 되리라.

오레스테스   그녀가 했소, 하지 않았소? 이 망토가 증언하고 있소.   1010

그녀가 아이기스토스의 칼로* 그것을 피로 물들였다는 것을.

피의 얼룩은 시간이 지나

자수 옷의 다채로운 빛깔을 지워 버렸구나.

이제는 그분을 찬양할 수 있소. 이제는 이 자리를 지키고

내 아버지 죽인 직물에게 말을 걸며 마음껏 애도할 수 있소.   1015

이런 승리를 거두어, 부럽지 않은 오염을 뒤집어썼으니

그녀의 행동과 고통, 그리고 내 전 가족을 몹시 슬퍼하는 바요.

코러스   누구든 피해를 당하고   (우)

벌을 받으며 생을 마치는 법.

에헤(ehe),

지금 여기 고난이 있고 나중엔 다른 고난이 찾아오리라.   1020

오레스테스   자, 너희가 알 수 있게 —일이 어떻게 마무리될지 모르니.

말 타고 고삐를 잡아 몰지만 주로(走路)에서 벗어난 것 같소.

다스릴 수 없는 내 마음에 정복되어

끌려다니고 있소. 공포가 내 심장 가까이 다가와

1025 분노의* 반주에 따라 노래하고 춤추려 하네 —

아직 제정신일 때 친구들에게 널리 알려야겠소.

아버지를 살해해 오염되고 신들에게 미움받은

어머니를 살해한 것은 정의로운 행동이었소.

이런 대담한 행동을 주문한 자로 퓌토의 예언자

1030 록시아스의 이름을 대는 것이오. 신탁으로 내게 말씀하시길,

그 일을 마무리하면 비난과 책임에서 벗어나지만

그걸 하지 않는다면…… 그 벌은 내 말하지 않겠다.

어떤 궁수도 그 고통의 높이를 맞히지 못할 것이니.*

이제 날 보라. 흰 양털을 감은 올리브 가지를 들고

1035 탄원자로 대지의 배꼽 위 거주지,

록시아스의 영역에 갈 것이오.

불멸의 불이 빛나는 곳에 가서

이러한 친족 살해의 처벌을 피하려는 것이오.

다른 화롯가로는 향하지 말라고 록시아스께서 명령하셨소.

1040 모든 아르고스인들에게 호소하는 바요.

1041a 어떻게 이런 악행이 일어나게 되었는지

1041b 시간이 지나도 날 위해 〈잘 기억해 두었다가〉

1042 증언해 주시오. 메넬라오스라도 〈돌아오게 되면〉.

살아서나 죽어서나, 〈어머니 죽여 아버지 위해 복수했다는〉*

1043 명성 남기며 이 땅에서 추방돼 떠돌이로 떠나가요.

코러스   아닙니다. 잘하셨습니다. 마구(馬具)를 달듯

당신 입술을 매지 말고 불길한 말도 삼가세요.   1045

당신은 두 독사의 대가리를 능숙하게 잘라 내어

아르고스의 전 도시를 해방하셨으니까요.

오레스테스   *아(a) 아(a).*

여기 이 흉측한 여자들, 고르고 자매들로 보이네.

짙은 회색 웃옷을 걸치고, 머리에는 우글거리는 뱀들을

둘렀구나. 더 이상 이곳에 머무를 수 없다.   1050

코러스   당신 아버지에게 가장 소중한 사람이여, 무엇을 상상하여

그게 당신 주위를 맴도나요? 승리했으니 버티고 두려워 마세요.

오레스테스   이런 고통은 내가 상상한 게 아니다.

이들은 분명 내 어미가 보낸 분노한 개들이니까.

코러스   당신 두 손에 묻은 피가 아직도 시들지 않았군요.   1055

그래서 당신 마음이 혼란스러워진 거예요.

오레스테스   아폴론 주인님, 정말 저것들의 수가 늘어나고

그들의 눈에선 혐오스러운 고름이 뚝뚝 떨어지고 있군요.

코러스   당신을 정화할 한 가지 방법 있어요. 록시아스께서

당신께 손을 대어 이런 고통에서 벗어나게 하시는 거죠.   1060

오레스테스   너희들은 저것들 보지 못하나 나는 보고 있다.

정말로 내몰리고 있어, 난 더 이상 머무를 수 없어.

(오레스테스가 뛰어나가며 퇴장한다.)

코러스 당신에게 행운 있기를. 신께서 기꺼이

당신을 굽어보시고 적시의 행운으로 보호해 주시길.

1065 보세요. 바로 이 세 번째 폭풍이

돌풍처럼 왕가에 불어닥쳐

끝장났구나.

처음으로 처참한 고통은

아이들 잡아먹은 자에게서 비롯되었구나.

1070 두 번째 희생자는 사내이자 남편인 왕,

그는 아카이아인들을 전쟁으로 이끌었으나

욕조 안에서 도살되어 죽어 버렸구나.

이제 또다시 어디선가 세 번째 구원자가 왔도다.

아니면 죽음을 말할까?

1075 도대체 언제 마무리될까? 강력한 파멸은

언제쯤 그만 멈추고 잠자리에 들까?

자비로운 여신들

등장인물

여사제 델피의 아폴론의 여사제

오레스테스

아폴론

클뤼타이메스트라의 혼령

코러스 복수의 여신들

아테나

두 번째 코러스 아테나 폴리아스의 여사제와 그녀의 시종들

무대

델피의 아폴론 신전 앞.

여사제   이 기도는 신들 가운데 최초의 예언자이신
가이아에게 가장 먼저 올립니다. 다음은 테미스 여신에게,
여신께선 어머니에게 속한 이 예언의 자리를
두 번째로 차지하셨다고 전합니다. 세 번째로
위임된 자리에는 테미스 여신이 동의하시고, 대지의 딸이며   5
티탄 신족인 포이베 여신이 누구에게 폭력을 행사하지 않고*
앉으셨습니다. 여신은 이 자리를 생일 선물로 포이보스에게
양도하셨으니 아폴론은 포이베의 이름을 별칭으로*
갖게 되셨죠. 아폴론은 델로스의 연못*과 바위섬을 떠나
배들이 자주 찾는 팔라스의 해안*에 도달하여   10

이 땅의 파르낫소스 산 아래 거처에 오셨습니다.
헤파이스토스의 자식들*은 아폴론을 호송하고
크게 경배하였으니, 그들이 길을 닦으며
야생의 땅을 길들였던 것입니다.*

15 아폴론이 도착하시자 이 땅의 키잡이 델포스 왕과
백성들은 그분을 공경하여 받들었습니다.
그분의 마음에 제우스께서 예언술을 불어넣으시고
여기 왕좌*에 그분을 앉히셨으니
록시아스는 아버지 제우스의 대변자이십니다.

20 우선 이들 신들께 기도를 올리나이다.
신전 앞 팔라스에겐 말로 경의를 표합니다.
요정들에게도 경의를 표합니다. 요정들의 집은 코뤼키아의
바위 동굴이고, 새늘이 사랑하고 신들이 찾는 거처랍니다.
이 장소에 브로미오스*가 거주하심도 잊지 않겠습니다,

25 브로미오스께서 박코스 여신도들을 전쟁으로 이끌어
토끼 잡듯이 펜테우스에게 죽음의 그물을 던진 이래로.
플레이스토스 강*과 강력한 포세이돈*과,
기도 이루어 주신 지고하신 제우스를 부르고 나서
예언자의 자리에 들어가 앉겠습니다.

30 신들께서는 이전의 입장 때보다 훨씬 더 좋은
행운을 허락해 주소서. 그리고 여기에 헬라스인이 있다면
관습에 따라 제비뽑기로 결정한 순서대로 들어오게 하시오.
신께서 나를 이끄시는 대로 예언할 것이니.

(여사제가 신전 안으로 들어간다. 잠시 후 그녀가 다시 나와서
손으로 바닥을 기더니 무릎을 꿇고 앉는다. 한동안 말이 없다.)

정말 끔찍해, 말할 수도, 무서워, 눈 뜨곤 볼 수 없는 것들이야.
그것들이 나를 록시아스의 집 밖으로 다시 쫓아냈어요.   35
그것들이 힘을 앗아 가 똑바로 서 있지도 못하게 하니
잽싸게 다리를 놀리지 못해 이렇게 양손으로 달려 나왔고
겁에 질리면 나이든 여잔 뭐도 아니고, 아니 꼭 어린애 같죠.
그곳에서 보았습니다, 화환들이 풍성히 매달려 있는
내실(內室)에 갔더니 한 사내가 대지의 배꼽에 속죄를 구하는   40
탄원자로 앉아 있는데, 신들의 눈에 오염된 인간입니다.
그의 손에선 피가 뚝뚝 듣고 그가 새로이 칼을 빼어
들고는 크게 자란 올리브나무 가지를 잡고 있고 그 가지엔
눈처럼 하얀 양털이 경건하게 감겨져 있더군요.
이렇게 분명히 말할 수 있습니다.   45
이 사내 앞에는 기괴한 여자들 무리가
잠이 든 채 의자에 앉아 있고 —
아니, 여자들이 아니라 고르고 자매들!
아니, 고르고 자매들 외모와도 비교할 수 없는데,
그림에서 피네우스의 식사를 낚아채는 여자들을   50
지금까지 딱 한 번 본 적 있거든요. 보다시피 이들은
날개가 없고 얼굴과 복장이 검으니 모든 게 역겹죠.
숨을 내쉬며 코를 골아서 접근할 수 없고

두 눈에선 혐오스러운 핏방울이 떨어지고 있다고요.

55 그들 옷차림을 보면, 신상들 앞에 다가가거나

사람들 집에 들어갈 때 입기 적당하지 않은 옷이죠.*

본 적이 없습니다, 이 무리가 속한 종족을!

대체 어느 땅이 이 종족을 기르고 피해 입지 않았을까요?

또 그렇게 수고한 일을 후회하지 않는다고 자랑할 수 있을까요?

60 이제부턴 이 집의 주인 강력한 록시아스 자신이

이 문제를 맡아 주셔야 합니다.

예언자이고 치유자이며, 전조를 관찰하고 해석하여

다른 이들 집의 오염을 정화하는 분이시니.

(여사제가 퇴장한다. 이동식 무대가 중앙 대문에서 굴러 나온다. 그 위에는 오레스테스가 대지의 배꼽에 앉아 탄원자의 자세를 취하고 있다. 그를 마주 본 복수의 여신들이 의자에 앉아 잠을 자고 있다.)

85 **오레스테스** 주인 아폴론, 당신께선 악행 피하는 법을 아십니다.

86 그걸 알고 계시니 무정하게 대하지 않는 법도 배우십시오.

87 당신께선 힘이 충분하니 절 도와주실 수 있습니다.

(아폴론이 어둠 속에서 나타난다.)

64 **아폴론** 널 배반하지 않을 것이다. 네 곁에 있든

먼 곳에 떨어져 있든 끝까지 너의 보호자가 되고　　　　65
네 적들을 결코 부드럽게 대하지 않을 것이다.
지금 여기 이 미친 여자들이 포로로 붙잡혀 있는 걸
보고 있겠지. 잠에 곯아떨어진 이들 역겨운
늙은 아가씨들, 이들 연로한 처녀들. 이들과는
어떤 신도 결코 관계하지 않지, 인간과 짐승은 말할 것도 없어.　70
그들은 해악을 위해 태어났고, 땅 아래 타르타로스,
사악한 어둠 속에 살고 있는데, 사람들은 물론
신들에게도 미움을 받고 있지.
그런데 도망가거라. 단, 나약해지지 마라.
네가 방랑하며 밟을 땅을 향해 계속 앞으로 나아가고　　75
바다와 바다로 둘러싸인 도시들을 넘어갈 때,
길고 긴 본토를 지나서라도 널 추격할 것이다.
이런 노고에 전력을 쏟느라
미리 지치지 말고 팔라스의 도시로 가서는
여신의 오래된 신상*을 꼭 껴안고 앉아 있어라.　　　80
그곳에는 이 사건을 담당할 판관이 있고
복수의 여신을 달랠 말이 있으니 우리는 마침내
이런 고통에서 너를 해방하는 수단을 찾게 되리라.
어머닐 죽이라고 널 설득한 자, 바로 나이니까.　　　84
명심하라. 공포가 네 마음을 정복하지 못하게 하라.　　88
(헤르메스에게) 그대, 같은 핏줄 형제이고 같은 아버지에게서
태어난 헤르메스여, 그를 보호하고, 별명에 꼭 맞게　　90

그의 호송자 되어 내 탄원자, 이 사람을 인도해 주게나.

— 이 사람처럼 존엄한 여행자를 제우스께서 존중하시니 —

세상에 돌아가려 출발하니 그는 호송의 행운을 누리겠다.

(오레스테스가 길을 떠난다. 아폴론은 무대 건물 안으로 퇴장

한다. 클뤼타이메스트라의 혼령이 나타난다.*)

클뤼타이메스트라의 혼령　잠들어 있는 건가요? *오에(oē)*, 잠이나 자면

95　　대체 무슨 쓸모가 있나요? 여러분 덕분에 다른 망자들 사이에

나는 이렇게 망신당하고 있건만. 내게 살해된 자들의 혼령이

망자들 가운데 계속 날 조롱하고 있으니,

수치스럽게도, 떠돌아다닙니다. 여러분께 분명히 밝힙니다,

내가 망자들에게 가장 혹독한 비난을 받고 있다고.

100　　가장 가까운 혈육에게 그런 끔찍한 일 당했건만

어떤 신도 날 위해선 분노하지 않네요,

모친 살해범의 손에 도살되었거늘.

(찢어지고 피로 얼룩진 옷을 보여 주면서)

칼에 찔린 상처를, 당신 마음으로 보세요.

잠들면 마음의 눈이 밝아지고

105　　{대낮엔 인간 운명을 내다볼 수 없으니까요.}

내가 바친 제물을, 여러분은 정말 많이도 핥아 드셨지요.

술이 아닌 제주, 맑은 정신으로 달래 주는 제물 말이죠.

상계의 신들이 함께하지 않는 시간에는 화롯가에

엄숙한 밤의 잔치로 제물을 바치기도 했어요.*

이 모두가 발에 짓밟혀 버렸다는 걸 보고 있답니다.　　　　110

그 작자는 새끼 사슴처럼 피해서 도망치고 없네요.

그물 한가운데를 가볍게 벗어나 달아나며

여러분에게 심한 조롱의 눈길을 보내기도 했어요.

제 말을 들어주세요, 내 혼백의 안녕을 위해 말했으니.

주의하세요, 하계의 여신들이여, 꿈속에서　　　　115

여러분을 부르는 자, 바로 나 클뤼타이메스트랍니다.

코러스　(신음 소리)

클뤼타이메스트라의 혼령　않는 소리 하시나요. 하나 그 작자는 멀리
　　도망쳐 버렸어요. 도망친 탄원자에겐 친구들*이 없지 않아요.

코러스　(신음 소리)　　　　120

클뤼타이메스트라의 혼령　깊이 잠들어 제 고통은 불쌍히 여기지도
　　않는군요? 저 모친 살해범 오레스테스가 여기 없단 말예요.

코러스　(오, 하고 외치는 소리)

클뤼타이메스트라의 혼령
　　오, 하고 소리치며 주무시고 있군요. 어서 일어나지 않으세요?
　　당신은 해악 끼치는 것 말고 무슨 일 하라고 임명되셨나요?　　　125

코러스　(오, 하고 외치는 소리)

클뤼타이메스트라의 혼령　잠과 노고, 잘 어울리는 한 쌍의 음모자는
　　무시무시한 암컷 뱀들의 힘을 약하게 한답니다.

코러스　(신음 소리가 두 번 날카롭게 울린다.)

130 잡아라, 잡아, 잡아라, 잡아. 저것 봐라!

클뤼타이메스트라의 혼령 꿈속에서 짐승을 쫓으며,

사냥개처럼 짖고 피 보려는 상상을 그치지 않으시네요.

뭐하세요? 일어나세요! 노고에 제압되지 말고

잠에 물러져 여러분이 입은 상처를 모른다고 하지도 마세요.

135 정당한 비난에 간장이 찔린 아픔을 느끼세요.

현명한 자들에게 정당한 비난은 좋은 자극이랍니다.

그 작자의 등에는 피를 머금은 숨을 불어넣고

배 안의 불덩이로 숨을 내쉬어 그자가 시들게 하세요.

쫓으세요! 두 번째 추격으로 그자를 말려 버리세요.

(클뤼타이메스트라의 혼백이 떠난다. 복수의 여신들 중 한 명이 깨어난다.)

140 **코러스** 깨우게. 그대도 여기 이 친굴 깨우게. 내가 그댈 깨운 것처럼.

자고 있소? 일어나시오. 잠일랑 차 버리고

저 꿈의 서곡에서 뭐가 틀렸는지 봅시다.

코러스 *이우 이우 퓌팍스(iou iou pypax).* 당했다, 친구들.   (좌 1)

정말 많이 애썼건만 허사야.

145 *오 포포이(ō popoi),* 가장 뼈아픈 고통,

참을 수 없는 불행을 당했구나.

그물에서 빠져나갔다고, 그 짐승이 가 버리고 없다고.

잠에 제압되어 사냥감을 놓쳐 버렸네.

코러스　*이오(iō)*, 제우스의 아들이여. 도둑놈이로구나.　　　(우 1)
　　젊은 신이라고 늙은 여신들을 짓밟아 버리고　　　　　　　　150
　　저 탄원자, 제 부모를 해친 불경한 인간 따윌
　　존중하다니.
　　그대는 신이지만 모친 살해범을 몰래 빼돌렸어.
　　이런 일에 무엇이 정의롭다고 말할까?

코러스　꿈속에서 비난(非難)이 내게 다가와　　　　　　　　(좌 2)
　　마부처럼 몰이 막대기를　　　　　　　　　　　　　　　156
　　잡고서는 내 간장과 장기들
　　속까지 후려쳤구나.
　　잔인한 형리가 휘두른 채찍에 맞은 듯
　　차디차고 쓰라리니　　　　　　　　　　　　　　　　　160
　　고통스러운, 너무 고통스러운 통증을 느끼는구나.

코러스　더 젊은 신들이 이렇게 행동하다니.　　　　　　　(우 2)
　　정의의 허용을 넘어 절대 권력으로 통치하니
　　왕좌에는 머리에서 발끝까지
　　온통 핏방울이 뚝뚝 듣고 있구나.　　　　　　　　　　165
　　대지의 배꼽이
　　소름 끼치는 피의 오염을

제 몫으로 차지한 걸 볼 수 있으니.

코러스　아폴론은 예언자이지만 집 안 성소를　　　　　(좌 3)
170　　더럽히고 오염시켰으니 스스로 오염을 일으켜 초대한 거야.
　　　인간에게 속한 것을 존중하여 신들의 법을 위반하고
　　　먼 옛날에 태어난 운명의 섭리를 거스르다니.

코러스　게다가 날 모욕했어. 그자를 풀어 주지 못할 것이다. (우 3)
175　　지하로 도망치더라도 그자는 결코 자유를 얻지 못하고
　　　아직도 오염된 탄원자이니
　　　머리에 또 다른 복수자*를 짊어지는 곳에 가게 되리라.*

(아폴론이 손에 활을 쥐고 다시 등장하여 화살을 쏘려고 한다.)

아폴론　밖으로! 명령이다, 당장 이 집 밖으로
180　　나가서 내 예언의 성소를 떠나라.
　　　번쩍이고 날개 달린 뱀*을 황금 활시위에서
　　　빠르게 발사하면 그것에 물려 아프고
　　　폐에서 검은 거품을 토해 내며
　　　빨아 먹은 핏덩이를 게우지 않도록.
185　　여기 이 집에 접근하는 건 당치도 않은 일!
　　　너희들은 목 베고 눈 파내는 형벌을 내리고
　　　집행하는 곳, 아이의 씨를 파괴하여*

수컷의 정력을 벌하는 곳, 사지를 잘라 내고

돌로 쳐 죽이며 척추 아래가 관통되어*

가엾게 오랜 비명을 지르는 곳에 속하니.   190

듣고 있는 거요, 너희들이 어떤 종류의 축제를 좋아해

신들에게 미움받는지. 전체 외모의 특성이

그만큼 잘 보여 주지. 이런 존재는 피를 실컷 마셔 대는

사자 굴에나 사는 게 적당하고, 여기 신탁소 가까이 있는

사람을 오염시켜서는 안 된다.   195

가시오. 목동 없는 가축 떼처럼 헤매시게나.

이런 무리에겐 어떤 신들도 친절하지 않으니까.

코러스 주인 아폴론이여, 우리 말을 들을 차례요.

신전 오염은 공동 책임이 아니라, 처음부터 끝까지 다 했으니

당신 스스로 전적인 책임을 져야 하오.   200

아폴론 무슨 말이오? 말해 보시오, 더 이상은 말고.

코러스 그 이방인에게 어머닐 죽이라는 신탁을 내렸소?

아폴론 아버질 위해 복수하라는 신탁을 내렸소. 물론이오.

코러스 그러고는 손에 새로운 피 묻힌 자를 받아 주려 나선 거요?

아폴론 이 집에 탄원자로 다가오라고 명령했소.   205

코러스 한데 여기로 우리가 그자를 호송했다고 비난하는 거요.

아폴론 너희들이 이 집에 오는 것은 적절하지 않으니까.

코러스 하지만 그 임무는 우리에게 주어진 것이오.

아폴론 그 명예로운 임무란 게 뭐요? 그 잘난 특권 계속 뽐내시오.

코러스 어머니를 죽인 자를 집에서 쫓아내는 것이오.   210

아폴론 남편을 죽인 여자는 어떻게 되는 거요?

코러스 그건 같은 혈육 간 살인이 아니오.

아폴론 제우스와 결혼의 여신 헤라의 혼인 서약을

모욕하며 아무 가치도 없는 걸로 여기다니.

215 그런 주장으로 퀴프리스*도 격하하여 내쫓다니.

이 여신으로 사람에겐 가장 가깝고 소중한 관계가 생겨나는데.

남녀의 결혼이 운명으로 거룩해지면

정의가 파수를 보니 맹세보다 더 강력한 것이오.*

만일 부부가 서로를 죽이고도 그냥 놔두어

220 처벌하지도, 분노의 시선으로 쏘아보지도 않는다면

집에서 오레스테스를 쫓아낼 권한이 당신에겐 없다는 말이오.

어떤 종류의 일*은, 내가 알기로, 당신이 마음속 깊이 새기지만

다른 일은 노골적으로 더 너그럽게 행동할 테니까.

이 사건의 재판은 팔라스 아테나 여신이 맡을 것이오.

225 **코러스** 저 사내를 결코 놓아주지 않겠다.

아폴론 그럼 추격하여 노고를 늘리시게나.

코러스 그대는 말로 내 특권을 잘라 내려 하지 마라.

아폴론 당신 특권은 가지라 해도 받지 않을 거요.

코러스 하여간 그대는 제우스 옆에 왕좌를 꿰차고는

230 위대한 자라 불리지. 그러나 어머니의 핏자국이 이끌고 있으니

나는 이 작자를 뒤쫓아 가서 처벌할 것이다.

(복수의 여신들은 오레스테스가 갔던 길로 출발한다.)

아폴론 나는 내 탄원자를 도와주고 보호할 것이다.

신들이 나서서 탄원자를 저버린다면, 도움 탄원하는 자는

신과 인간 사이에 무시무시한 분노를 터뜨릴 테니까.

(아폴론이 퇴장한다.)

(무대가 아테나이 아크로폴리스의 아테나 여신의 신전으로 바뀐다. 신전 중앙에는 아테나 여신상이 세워져 있다. 오레스테스가 등장하여 여신상에 다가간다.)

오레스테스 여주인 아테나시여, 록시아스의 명령을 받고   235

이곳에 왔습니다. 친절하시어 이 나그네를 받아 주소서.

손이 불결하지도, 정화를 탄원하지도 않으며

다른 이들의 집에 드나들고 사람들과 함께 여행하니*

이제는 피의 얼룩이 희미해져 닳아 없어졌습니다.

육지와 바다를 가로질러 건너서   240

록시아스 아폴론의 신탁이 내린 명령을 지키며

당신의 집에 도착해, 여신이여, 당신 신상 앞에 있습니다.

이곳을 지키며 최종 판결을 기다리겠습니다.

(오레스테스가 팔로 여신상을 끌어안고 자리에 앉는다. 코러스도 오레스테스가 등장했던 길에 등장한다. 복수의 여신들이 이 길로 움직이는데 마치 사냥개처럼 냄새를 맡으며 찾아다닌다.)

코러스 옳거니! 이건 분명 그 작자의 발자국이야.

245   이 소리 없는 정보원의 안내를 따르시오.

부상당한 새끼 사슴의 발자국을 쫓는 사냥개처럼

뚝뚝 흐르는 피를 따라 그자를 뒤쫓고 있다고.

사내 지치게 하는 많은 노고로 내 허파가

헐떡거리네. 우리는 무리 지어, 온 대지를 가로질렀으니까.

250   날개 없이 날아올라 바다 위 건너서

배처럼 빠르게 그자를 뒤쫓아 왔다고.

그 작자는 지금 여기 어딘가에 웅크리고 있겠지.

사람 피 냄새가 웃으며 날 반겨 주고 있네.

255   봐라, 다시 봐라! 이 장소를 두루 살펴봐라!

모친 살해범이 벌 받지 않고 몰래 달아나지 않게 하라고.

그자가 바로 여기에 있구나! 성역의 보호를 받으며

불멸의 여신상을 껴안고 자신이 저지른 폭행에 대한

260   재판을 받고 싶어 하는구나.

하나 그건 가당치 않아. 땅 위 적신 어머니의 피는

되돌리기 어렵지, *파파이(papai)*,

축축한 피가 땅바닥에 뿌려져 스며들었으니.

안 돼. 네 사지에서 나온 걸쭉한

265   붉은 액체로 되갚아야 한다고.

살아 있는 네 몸에서 그걸 꿀꺽 마셔 버리게 말이야.

네놈의 음료로, 마시는 물 아닌 피로 영양을 섭취해야겠어.

모친 살해죄의 벌을 받도록

네놈을 산 채로 말려서 저 아래로 끌고 갈 거야.

보게 되리라, 신이나 이방인이나 270

사랑하는 부모에게 불경한 짓 하여

위중한 죄 저지른 자는 어느 누구든 정의의

요구에 따라 합당한 고통을 치른다는 걸.

땅 아래 하데스는 인간의 위대한 교정자여서

모든 인간 행동을 살펴보며 정신의 서판에 기록한다지.* 275

오레스테스 나는 불행 겪으며 배웠으니 많은 일의

알맞은 때를 알고 있고, 특히 상황에 따라

언제 말하고 언제 침묵하는 게 옳은지 말이오.

이 곤경에 처해, 현명한 스승의 말에 따라 발언하는 것이오.

피는 잠이 들어 내 손에서 점점 희미해지고 280

모친 살해로 생긴 오염은 씻겨 사라졌으니까.

오염이 살아 있을 땐 포이보스 신의 화롯가에서

정화 의식으로 새끼 돼지를 희생시켜 오염을 몰아냈소.*

수많은 이들 만났지만 피해 준 적 없다는 걸

처음부터 말하자면 이야기가 길어질 것이오. 285

나이 함께 먹은 시간이 만물을 정화하기 마련.

이제는 정결한 입으로 이 땅의 여주인

아테나를 경건하게 부르나이다. 부디 저를 도와주십시오.

그러시면 여신께선 창을 휘두르지 않고

나 자신과 내 나라와 아르고스 백성들로 290

언제나 충성하는 동맹군을 얻게 되실 겁니다.*

한데 여신께서 아프리카 땅, 당신이 태어나신

트리톤 강*의 흐름 가까이 친구를 도우려고*

다릴 곧게 뻗거나 다릴 방패로 덮거나 하며 전진하시든,

295   아니면 군을 지휘하는 용감한 사내처럼

플레그라 평원*을 살펴보고 계시든,

오셔서 — 신은 멀리서도 들을 수 있으니까 —

이런 곤경에서 저를 해방하소서!

코러스   아폴론도 강력한 아테나도

300   널 구해 주진 못할 거야. 너는 버림받아 떠돌아다니며

마음속 어디에 기쁨이 있는지 알지도 못하고

피를 빨려 그림자가 될 때까지 우리 여신들의 먹이가 될 거야.

대답하지 않느냐? 네놈은 날 위해 양육되어 내게 제물이

되었는데도 내 말을 뱉어 내는 거냐?

305   산 채로 포식하겠다, 제단에서 도살하지 않고.

너를 결박하려고 이 노래를 부르니 들어 보아라.

코러스   자, 동그랗게 둘러서서 함께 춤을 추자꾸나.

소름 끼치는 우리의 기예를

보여 주기로 했으니

310   우리 무리가 어떻게 인간의 운수를

몫으로 나눠 주는지 말하기로 했으니.

우리는 믿고 있다네, 올바른 정의를 구현한다고.

깨끗한 손을 보여 주는 자에겐

분노하지 않으니

그는 해를 입지 않고 삶을 지나가리라.   315

하지만 이 사내처럼 중죄를 범하고

피 묻은 제 손 감추는 자는 누구든,

우리가 정직한 증인 되어 망자를 돕고,

마침내 피의 복수자로 나타나리라.   320

어머님, 어머니 밤이시여,   (좌 1)

저를, 죽은 자와 산 자에게 형벌로 낳으셨으니

제 말을 들어주소서. 레토의 자식 아폴론이 여기 이 토끼*를,

모친 살해의 정화에 적당한 제물을 낚아채고는   325

제 권리를 박탈하고 있답니다.

여기 희생 제물에게   (종가)

우리의 노래를 부르노라.

발광과 착란, 정신 흩뜨리는 노래,   330

이 노래를 복수의 여신이 부르니

정신을 결박하여,

슬픈 곡조로 인간을 말려 버리리라.

꿰뚫어 버리는* 운명의 여신이   (우 1)

실을 자아내어 우리가 영원히 갖는 몫이 있으니,   335

악의(惡意)로 친족을 살해하면 그들이 대지 아래로

내려갈 때까지 그들 발자국을 뒤따른다네.

340   그래서 죽더라도, 그자는 결코 자유롭지 못하리라.

여기 희생 제물에게   (종가)

우리의 노래를 부르노라.

발광과 착란, 정신 흩뜨리는 노래,

이 노래를 복수의 여신이 부르니

345   정신을 결박하여,

슬픈 곡조로 인간을 말려 버리리라.

이런 몫이 태어날 때부터 우리에게 주어 졌네.   (좌 2)

350   신들*과는 아무런 접촉이 없고

누구도 우리와는 함께 식사하지 않으니

흰옷 입고 참여하는 즐거운 축제에는

아무런 몫도, 아무런 역할도 없구나.

가정을 뒤집어엎는 일을   (중가 1)

355   선택했으니, 집 안에서 양육된

폭력이 가족을 죽일 때

오(6), 살인자를 쫓으리라.

그자 비록 강력할지라도

피를 모두 쏟을 때까지 그를 무력하게 하리라.

이런 염려에서 누구든 벗어나게 애쓰며,　　　　　　(우 2)

우리 노력으로, 신들에게서 그런 염려를 면제했으니　　　362

신들은 심문할 필요조차 없건만*

그러나 제우스는, 피 뚝뚝 듣는 혐오스러운　　　　　365

우리 부족과는 교제할 가치 없다 여기네.

인간의 영광, 밝은 하늘 아래 살며 제아무리　　　　(좌 3)

드높다 하더라도 결국 줄어들고 녹아내려 아무 명예 없이

땅 아래로 사라지고 만다네, 검은 옷을 걸친　　　　370

우리가 공격하고 발 디디며 성난 춤을 추게 되면.

높이 도약해서는　　　　　　　　　　　　　(중가 2)

위에서 묵직하게 낙하하며

발로 내려치고

전력 질주하는 자도 다리로 걸어 넘어뜨려　　　　375

참기 어려운 파멸을 낳는다네.

그자는 알지 못하구나, 추락으로 다쳐 제정신 잃으니.　(우 3)

그렇게 오염의 어둠이 그자 위에 맴돌고 있고

어두운 안개가 그 집에 걸려 있다고

비통으로 가득 찬 소리가 이야기하네.　　　　　380

정의의 법이 굳건하니라.　　　　　　　　　　(좌 4)

지략 풍부하고 기도 이루어 주고

악행 기억하고 무시무시하고

인간이 달랠 수 없는 우리,

385 우리는 신들과 멀리 떨어져 햇빛 없이 끈끈한 곳에 살며

멸시받는 임무를 다하고 있다네,

산 자와 죽은 자 모두에게

거칠고 바위 많은 길을 내면서.

그럼 이를, 어떤 인간이 (우 4)

390 경외하지 않고 두려워하지 않을까,

운명이 정하고 신들이 동의한

이런 율법을 내게서 들었을 때?

우리에겐 오랜 특권 있으니

불명예스러운 대접 받지 않는다네,

395 비록 햇빛 없는 어둠 속

땅 아래 거처에 머물고 있으나.*

(갑옷을 입고 방패를 든 아테나 여신이 등장한다.)

아테나　저 멀리 스카만드로스에서 탄원의 외침을

똑똑히 들었소. 그 땅은 내 재산이라 여기는데

아카이아인의 지휘관과 선도자가

400 창으로 획득한 것들 가운데 큰 몫으로,

영원히 내가 전적으로 소유하게 떼어 준 것이고

테세우스의 아이들*을 위해 특별히 고른 선물이오.

그곳에서 지치지 않는 발을 빠르게 움직여

날개도 없이 내 아이기스*의 주름을 펄럭이며 왔소이다.

{이 마차 앞에 활기찬 망아지를 매고서 말이오.} 405

지금 내 땅 찾아온 이들 새로운 방문자를 보고 있자니

전혀 두렵지는 않으나 두 눈엔 놀라운 광경이로구나.

대체 여러분은 누구시오? 내 신상 가까이 앉은 이 이방인과

당신들 모두에게 똑같이 말하는 것이오.

당신들은 생명체들 중 어떤 종족과도 닮지 않고 410

우리 신들이 본 적 있는 여신들에게 속하지도 않으며

그 외모가 인간들과 비슷하지도 않은데.

하지만 탓할 이유 없는 타자를 모욕하는 것은

옳은 일과는 거리가 멀고 예의에도 어긋나는 것이지.

코러스 간단히 모든 걸 말하겠소, 제우스의 따님이여. 415

우리는 밤의 영원한 자식들인데 땅 아래

우리 집에선 '저주들'이라 불리고 있소.

아테나 이제야 당신들 혈통을 알겠소. 당신들 부르는 이름도……

코러스 당장 나의 특권도 알게 될 거요.

아테나 알 수 있겠소, 누가 분명하게 설명한다면. 420

코러스 우리는 살인자를 집에서 내쫓고 있소.

아테나 살인자의 도망이 끝나는 곳은 어디요?

코러스 어떤 경우라도 즐거움을 보기 드문 곳이오.

아테나 이 사람을 계속 괴롭혀 이처럼 도주하게 한 것이오?

425 **코러스** 어머닐 살해할 자격 있다고 생각했으니까.

아테나 강제에 굴복하지 않고,* 아니면 누구의 분노가 두려워?

코러스 아니, 어머닐 죽음으로 몬다고, 뭔 막대기가 그리 강력해?

아테나 양편이 다 출석해 있으나 한쪽 이야기만 들었소.

코러스 하지만 그는 우리 맹세를 받지도, 자신이 맹세하지도 않소.

430 **아테나** 정의롭게 행동하기보단 정의롭단 평판을 듣고 싶은 게지.

코러스 무슨 말인가? 설명해 보시오, 영리함이 모자라지 않으니.

아테나 맹세로 부정의가 승리해선 안 된다는 말이오.*

코러스 자, 이자를 심문하여 올바른 판결을 내리시오.

아테나 당신들 기소의 최종 판결을 내게 위임하려는 거요?

435 **코러스** 그렇소, 우릴 존중했으니 보답으로 그대를 존중하는 거요.

아테나 (오레스테스를 향해서) 이에 대해, 이방인이여, 무슨 말을
하고 싶소? 그대의 차례이니까. 그대 고향과 가족을 밝히고
그대가 처한 불행을 말하며 그들의 비난을 반박하시오.
정말로 이런 정의를 신뢰하여, 내 화롯가 근처

440 이 신상을 지키고 익시온*의 방식대로
존중받을 탄원자로 앉아 있다면 말이오.
이 모든 질문에 내게 분명히 대답하시오.

오레스테스 여주인 아테나시여, 우선 당신의 마지막 말에
대답하여 크나큰 염려를 덜어 드리겠나이다.

445 저는 정화를 원하는 탄원자가 아니고, 오염된 손으로
당신의 신상을 잡고 앉아 있는 것도 아닙니다.

그 강력한 증거를 당신에게 제시하겠습니다.
법에 의하면, 피의 오염을 정화하는 자가
젖먹이 새끼 돼지를 도살하여 피를 뿌려 주기 전에
살인자는 일절 말해선 안 되니까요.   450
오래전 저는 다른 이의 집에서 이렇게
정화되었습니다, 동물 희생이나 흐르는 시냇물로 말이죠.
걱정하지 마시라고 드리는 말입니다.
이제 당장 제 가문을 알려 드리겠나이다.
저는 아르고스 사람으로, 제 아버님은 잘 아시듯   455
배로 항해한 자들의 지휘관 아가멤논입니다.
당신께선 그분과 함께 트로이아의 일리온이
더 이상 도시가 아니게 하셨습니다.* 아가멤논은 집에 와서
명예롭지 않게 죽었습니다. 마음 시커먼 제 어머니가
알록달록한 그물을 던져 그를 덮어서 살해했는데,   460
그물이 바로, 욕조에서 일어난 살인의 증거입니다.
전에 추방 생활 하다가 저도 집에 돌아와서는
낳아 준 여자를 살해했으니, 부정하지 않겠습니다,
사랑하는 내 아버질 살해한 자에게 복수한 것이죠.
이 거사엔 록시아스 아폴론도 공동 책임이 있습니다.   465
저 범죄의 책임자는 제가 어떤 행동도 하지 않으면
몰이 막대기로 간장을 찔러 고통을 주겠노라고 예언하셨죠.
이제는 제가 정의로운지, 그렇지 않은지 판결해 주십시오.
제가 어찌 되든, 당신의 손안이라면 그 결과에 승복하겠습니다.

470 **아테나**   이 사건은 너무나 크구나, 어떤 인간이

판결할 수 있다고 믿더라도 이 살인 사건을 내가 판결하여

극심한 분노를 일으키는 것은 적법하지 않다.

특히 그대는 정화되어 무해한 탄원자로

474 관습에 따라 모든 요건을 갖추고 내 신전에 왔으나,

476* 이자들의 임무가 엄연하니 물러나게 할 수 없지.

한데 그들이 승리하지 못하면, 그렇게 된다면

저 상처받은 자존심에서 독이 나와 바닥에 떨어져

이 땅에 영원한 역병이 번질 테니, 이를 견딜 수 없으리라.

480 사정이 이러하니 오레스테스를 남게 하거나 보내는 것,

하나를 선택하기 어렵구나, 분노를 사지 않고는.

482 그러나 이 사건은 여기 내게 떨어졌으니

475 내 도시를 위해 나무랄 데 없는 사람들을 뽑을 것이다.

483 살인 사건의 배심원들로 이들은 법규를 존중하고

그 법규는 내가 제정하여 영원하게 하리라.

(오레스테스와 코러스에게 말을 걸면서)

485 여러분은 각자 소송건의 승리를 뒷받침할

증언과 증거를 모으도록 하시오.

정말 이 사건을 잘 판결할 자로 내 시민들 중에

가장 뛰어난 자를 선택한 뒤에 돌아오리다.

그들은 정의로운 생각으로 결코 선서를 위반하지 않을 거요.

(아테나 여신이 퇴장한다.)

코러스　이제 새로운 법이 　　　　　　　　　　　　　　(좌 1)

뒤집어엎으리라, 　　　　　　　　　　　　　　　491

이 모친 살해범이 승소한다면.

정의를 해치는 일이로다.

오레스테스가 석방되면

거리낌 없이 모든 인간이 　　　　　　　　　　　495

한데 뭉쳐 제멋대로 행동하고

앞으로 또다시 아픈 고통을

자식이 부모에게 가하리라.

이런 일로 분노가 일어나도 　　　　　　　　　(우 1)

반격하지 않고, 만사 지켜보는 　　　　　　　　500

박코스의 여신도들도 뒤쫓지 않네.

온갖 죽음을 부모에게 풀어 놓으니,

재앙이 이웃을 덮친다고 널리 알리며

부모는 노고를 줄이거나 끝내려고

이리저리 찾아다니며 애쓰게 되리라. 　　　　　505

그러나 치료약은 아무 효과 없고

아무 소용 없구나, 약초를 잘라서 달래 봐도.

누가 재앙에게 두들겨 맞더라도 　　　　　　　(좌 2)

우리를 부르지 마라,

오 정의여, 　　　　　　　　　　　　　　　　510

오 복수의 여신들의 옥좌여,

이렇게 비명을 지르며.

하니 아버지나 어머니가

새로이 희생자 되어

515 통곡하게 되리라,

정의의 여신이 계신 전당이 무너졌으니.

무서운 것이 쓸모 있고 (우 2)

두려움이 영혼을 감시하며

앉아 있는 드높은 장소가 있다네.

520 고통에 압박을 당해

분별을 배우면 이득이 되리라.

마음이 빛나는 가운데

크나큰 두려움을 양육하지 않으면

어느 도시와 어느 인간이 똑같이

525 정의의 여신을 여전히 공경할까?

찬양하지 마라, (좌 3)

무정부의 삶도

폭정 아래의 삶도.

530 중용에게는, 만물 가운데 신이 우월한 지위를 주셨나니,

비록 여러 방법으로 여러 영역을 통치하시나.

꼭 들어맞는 말이로다.

휘브리스(hybris)는 정말로 불경의 자식새끼로다.
그러나 건강한 마음에선   535
모두 사랑하고 많이 기원하는
번영이 태어난다네.

그대에게 보편 법칙을 이르노니,   (우 3)
정의의 여신의 제단을 공경하여라.
이익을 벼르며 불경한 발로   540
정의를 짓밟고 경멸하지
마라, 응보가 뒤따르고
정해진 종말이 기다리고 있으니.
모든 사람은 신성한 부모를   545
우선 공경하고,
집 돌보는 주인으로
손님의 명예를 존중하여라.

하여 고통스러운 강제 없이 자진하여 정의롭다면   (좌 4)
번영을 누리지 못할 이유 없고   551
결코 완전히 파멸하진 않으리라.
이와 반대로, 말하건대, 건방 떨며 행동하는 자는
정의 거슬러 뒤죽박죽 쌓은 무거운 화물*을 불법으로 나르다가
활대가 산산이 부서져 고난에 붙잡히면   555
마침내 강요를 이기지 못하며

돛을 내리게 되리라.

씨름하기 버거운 소용돌이 가운데 　　　　　　　　(우 4)

소리쳐 불러도 신들에겐 들리지 않네.

560　고집불통 사내를 보자 신이 비웃고,

그런 일 없다고 사내가 대책 없이 큰소리쳤으나

곤경에 지칠 대로 지쳐 물마루를 넘지 못하는구나.

평생 쌓아 올린 오랜 번영을

정의의 암초에 부딪치게 하여 파멸하니

565　보이지도 않고 울어 주는 이도 없으리라.*

(아테나 여신이 전령과 나팔수와 열한 명의 배심원들과 함께
돌아온다. 재판정에 열두 개의 투표 항아리가 놓인 탁자가 보인
다. 아테나 여신이 자리에 앉는다.)

아테나　전령이여, 널리 알려라. 백성들이 질서를

지키게 하라. 귀청 찢는 에트루리아 나팔이

인간의 숨으로 가득 차서 백성들에게

날카로운 소리를 보여 주게 하라.

570　이 위원회를 소집하였으니 모두가 정숙하여

내 법령에 귀를 기울여야 할 것이다.

앞으로 도래할 영원한 시간의 모든 시민들*과

여기 이 배심원들도, 이 사건을 잘 판결하도록 말이다.

（나팔 소리가 울린다. 전령이 포고하려 할 때 아폴론 신이 등
장한다.）

　　주인 아폴론이여, 당신에게 속한 영역을 통치하시오.

　　이 분쟁과는 무슨 상관이 있는지 말해 주게나.　　　　　　575

아폴론　증언하러 왔소. 이 사내는 관습에 따라

　　내 집의 화롯가에 찾아온 탄원자이고

　　이자를 위해 살인 오염을 정화한 자가 바로 나요.*

　　게다가 나 자신이 나서서 변호하려는 것이오.　　　　　　579a

　　이 남자의 어머니를 살해한 사건엔 나도 책임이 있으니까.　579b

　　당신께선 법정에 소송을 제기하여　　　　　　　　　　　580

　　최대한 지혜롭게 판결해 주길 바라오.

아테나　（코러스에게）

　　여러분이 말할 차례이고 법정에 이 사건을 제소하는 바요.

　　우선 기소자가 처음부터 발언한다면

　　이 소송 사건에 대한 올바른 정보를 알려 줄 수 있소.

코러스　우리는 여럿이지만 간략히 말하겠소. （오레스테스에게）　585

　　차례가 되면 우리 질문 하나하나에 대답하라.

　　우선 어머니를 살해했는지 말하라.

오레스테스　살해했소. 그걸 부인하진 않겠다.

코러스　한 판은 이겼구나, 레슬링 경기 세 판 가운데.

오레스테스　그런 말로 큰소리치다니. 난 아직 눕지도 않았건만.　590

코러스　당신이 말해야만 해! 어떻게 살해했는지.

오레스테스　말하리다. 손에 칼을 쥐고 그녀 모가질 잘랐다.

코러스　누구에게 설득되었고, 누가 조언했는가?

오레스테스　여기 신께서 내린 신탁에. 그가 내 증인이오.

595　**코러스**　그 예언자가 당신에게 어머니를 살해하라고 명령했는가?

오레스테스　지금까지 그 명령으로 일어난 일을 불평한 적 없다.

코러스　그러나 판결의 그물망에 걸리련 낭장 딴말을 늘어놓겠지.

오레스테스　아폴론 신을 믿고, 무덤에서 내 아버님도 도와주실 거다.

코러스　시체가 도와준다고 믿지, 제 어밀 시체로 만들어 놓고는.

600　**오레스테스**　그랬다. 그 여자는 이중의 오염에 물들어 있었으니.

코러스　어째서 그렇지? 그게 무슨 뜻인지 배심원들에게 설명하라.

오레스테스　제 남편을 죽이고 내 아버진 도살했으니까.

코러스　뭐라고? 넌 살았지만, 그녀는 살해돼 죄에서 벗어난 거야.

오레스테스　그녀가 살아 있을 땐 왜 추방하여 내몰지 않았지?

605　**코러스**　그녀는 살해한 남자와는 혈연관계가 아니니까.

오레스테스　한데 나는 내 어머니와 혈연관계란 말인가?

코러스　이 더러운 살인마, 그녀가 널 허리띠 아래서 어찌 길렀던가?
　가장 가깝고 소중한 어미의 피를 부정하는 것이냐?

오레스테스　(아폴론을 향해)

　이제는 저를 위해 증언해 주시고, 아폴론이시여,

610　제가 그녀를 살해한 것이 정당한지 밝혀 주십시오.
　실제로 제가 그 행위를 했다는 걸 부정하지 않습니다.
　당신 생각에는 제가 정당한지 그렇지 않은지, 이 유혈 사건을
　판단해 주십시오, 제가 이들 배심원들에게 말할 수 있게.

아폴론　(배심원들에게)

여러분께 말하리다. 아테나 여신이 법규로 정한 위대한 기구에게.

그는 정당하게 행동했고, 나는 예언자라 거짓말을 하지 않소.　615

이 예언의 왕좌에서 남자와 여자와 도시와 관련해,

올림포스 신들의 아버지 제우스께서

명령하지 않는 것을 말한 적이 없소.

내 말하건대, 이 주장이 얼마나 강력한지 알고

아버지의 조언을 따라야 할 것이오.　620

맹세는 결코 제우스보다 강력하지 않으니까.

코러스　제우스가, 당신 말대로, 이런 신탁을 내려

여기 이 오레스테스한테 말하게 한 거요? 아버지의 살인을

복수하여 어머니의 명예는 완전히 무시하라고.

아폴론　그렇소. 그건 같은 경우라 할 수 없으니까. 제우스가　625

내린 왕홀로 칭송받는 고귀한 사내가 죽었소.

그것도 여자의 손에 도살당했고,

예컨대 아마존 여전사의 멀리 쏘는 활도 아니고,

팔라스여, 당신께서 알게 될 그런 방식으로 살해된 것이오.

이 사건을 투표로 판결하기 위해 참석한 분들이여,　630

아가멤논이 대부분 성공을 거두고 원정에서

돌아왔을 때 그 여자는 상냥한 말로 맞이하고,

그가 〈은제〉 욕조에서 〈뜨거운 물로〉 목욕할 때　632a

〈그의 시중을 들고 나서는〉, 마침내 천막을 치듯

옷을 두루 펼쳐 그를 덮고, 빠져나오지 못하게

교묘히 고안한 옷으로 온몸을 묶고는 내리쳐 죽인 것이오.　635

함대 지휘관으로 모든 사람이 존경하는 남자가

죽었다는 사실을 여러분께 말하는 바요.

그 여자를 이렇게 표현하여, 이 사건의 판결에

임명된 시민들이 분노하게 하려 했소.

640 **코러스** 당신 진술에 의하면, 제우스가 아버지의 죽음을 더 무겁게

여긴다는 말이오. 하지만 자신은 연로한 아버지를 결박해

감금했으니 당신 말과 이 말이 어떻게 모순되지 않을까?*

(배심원들에게) 이 말 들은 여러분을 내가 증인으로 삼는 바요.

아폴론 신들이 혐오하는 자여, 아주 가증스러운 짐승들,

645 제우스는 족쇄를 풀 수 있고 그 감금을 풀 수 있으며

석방할 수 있는 매우 많은 방책이 있소.

그러나 인간은 한 번 죽어 먼지가 그 피를

빨아 마시면 다시 일어나는 일이 없소,

내 아버지가 그걸 치유하는 주문을 만들지 않으셨으나

650 다른 모든 것들은 전혀 헐떡이지 않으시고

의지의 힘으로 위아래로 돌리며 처리하신다오.

코러스 그러면 당신이 이 작자의 방면을 위해 어떻게 변호할지

두고 보자고. 어머니의 피, 자신과 같은 피를 땅에 흘리고

그가 아르고스의 아버지 집을 물려받을 수 있을까?

655 어느 공공 제단을 이용할 수 있을까? 대체 어느 씨족 집단*이

그자를 받아들여 성수를 사용하게 할까?

아폴론 그것도 대답하겠다. 내 주장이 옳은지 들어 보라.

어머니는 자식을 낳은 자가 아니라 새로 뿌려진

태아를 보살피는 자에 불과하다.* 위에 오른 남자가

진짜 부모이고, 주인이 손님을 대접하듯 여자가 660

그렇게 새끼를 보호하는 것이다, 신이 간섭하지 않는다면.

이 주장에 대한 증거를 당신에게 제시하겠소.

어머니 없이도 아버지가 될 수 있으니까.

우리 곁에 바로 올림포스 제우스의 따님이 증인인데,

그녀는 자궁의 어둠 속에서 양육되지 않으니 665

이런 자식을 신 자신이 태어나게 한 것이오. 666a

아버지 없이는 어느 부녀자도 낳을 수 없는 법. 666b

팔라스 여신이여, 다른 점에서도 나는 당신의 도시와

백성을 가능한 한 위대하게 만들 것이오.

그래서 이자를 당신 집의 화롯가로 보낸 것이고

그는 언제나 당신의 믿음직한 친구가 되고, 670

여신이여, 당신은 그와 그의 후손을 동맹자로 얻게 될 것이오.

또 이러한 맹세는 영원히 보전될 것이고

여기 배심원들의 후손이 맹약에 만족할 것이오.

아테나 충분히 논쟁했으니 이제는 지금 여기 이들에게

올바른 판단으로 한 표를 행사하라고 명령할까 하오? 675

아폴론 우리 쪽에선 이미 모든 화살을 다 쏘았으니

재판이 어떻게 결정 날지 듣기 위해 기다리겠소.

아테나 (코러스에게) 여러분은 어떻소?

어떻게 일을 처리해야 여러분께 떳떳해 보이겠소?

코러스 (배심원들에게)

들어야 할 말은 모두 들었소이다. 이방인 친구들이여,
680 한 표를 행사할 때 진심으로 맹세를 존중하시오.

아테나 이제 내 법규를 들어라, 아티카의 백성이여.
처음으로 재판에서 유혈 사건을 판결하는 이여.
앞으로도 아이게우스의 백성은 항상
이러한 배심원 위원회를 가지게 되리라.
685 여러분이 앉아 있는 이 언덕, 이곳은 여전사
아마조네스의 자리이자 야영지였는데, 그들이
테세우스를 시기하여* 침공하고, 아크로폴리스에
맞서 높은 성벽을 둘러 이 새로운 성채를 쌓고는
아레스 신에게 희생 제물을 바쳤으니 이 바위 언덕은
690 아레스의 언덕이란 이름으로 불리게 된 것이오.*
이곳 위에서 밤낮으로, 타고난 공포와 함께 존경을 가지고,
시민들이 부정한 짓을 저지르지 못하게 하리라.*
시민들 스스로 오물을 들여와 법을 새롭게 뜯어
고치지 않는 한. 진흙으로 맑은 물을 오염시킨다면
695 그대는 결코 마실 물을 발견하지 못하리라.
무정부도 아니고 독재도 아닌 정체(政體)를
존경하고 유지하며, 외경(畏敬)의 대상을 도시에서
완전히 추방하지 말라고, 시민들에게 조언하는 바이다.
아무도 두려워하지 않는데 어느 인간이 정의를 존중할까?
700 정의롭게, 이런 존경의 대상을 두려워한다면
너희는 이 땅과 도시를 구원할 방벽을 갖게 되리라.

그런 방벽은 세상에서 어느 누구도 갖지 못할 터,

스키타이족이나 펠롭스의 땅*도 그러하리라.

이득에 흔들림 없고 존경할 만하며

화를 잘 내는 이 위원회를, 잠자는 이들의 지킴이,　　　　705

이 땅의 깨어 있는 파수꾼으로 세우는 바이다.

미래를 위해 내 시민들에게 충고하려

이처럼 길게 연설했소이다. 이제 그대들은

일어나 투표석을 들고 선서를 존중하며

이 사건을 판결하여라. 내 할 말은 다했다.　　　　710

(배심원들이 한 명씩 단지에 투표석을 넣고 제자리로 돌아온다.)

코러스　　우리 일행은 그대 땅에 위협적 존재이니

우리를 결코 무시하지 말라고 조언하는 바요.

아폴론　　나도 제우스와 내 신탁을 두려워하라고 명령하는 바요,

그 예언이 아무 성과 없는 것이 되지 않도록.

코러스　　한데 당신 영역도 아닌데 피로 얼룩진 행동을 하는 거요.　　715

앞으론 불결한 신탁소에 거주하며 응답하게 되겠지.

아폴론　　내 아버님께서 결정하시고 실망이라도 하셨다는 거요?

처음 살인한 익시온이 그분에게 정화해 달라고 간청했을 때.

코러스　　그렇지 않다고 말하는 게요. 정의가 우리 편이 아니라면

앞으로 나는 이 땅을 위협하는 무리에 속할 것이오.　　720

아폴론　　한데 보다 젊은 신들이나 늙은 신들 사이에서 당신은

아무 명예의 몫도 받지 못하고 있지. 내가 승리할 것이다.

코러스　페레스의 집에서도[*] 당신은 그따위 짓을 했지.

죽는 인간을 불멸하게 하려고 운명의 여신들을 속였으니까.

725　**아폴론**　날 공경하는 자를 이롭게 하는 게 옳지 않은가?

어떤 경우라도 그가 도움이 필요하다면 말이오.

코러스　당신이야말로 오래된 권능의 몫을 빼앗고

포도주로 저 태고의 여신들을 속여 넘긴 자다.

아폴론　당신이야말로 재판에서 최종 승리를 놓치고

730　당장 독액을 토하더라도 적을 해치진 못할 거다.

코러스　젊은 당신이 연장자를 발로 짓밟으려 하나

이 사건의 판결을 듣기 위해 기다리고 있겠다.

이 도시에 화를 낼 것인지 아직 결정하지 못했으니.

(아테나 여신이 단지로 와서 투표석을 손에 들고 단지 앞에
선다.)

아테나　지금, 이 사건을 재판하는 것이 내 마지막 임무요.

735　나는 오레스테스를 위해 이 투표석을 던질 것인데,

나를 낳아 준 어머니가 없고, 결혼을 제외하면

모든 면에서 진심으로 남성만을 인정하며

참된 의미에서 아버지의 자식이니까.

그래서 여자의 죽음을 더 무겁게 여기지 않소.

740　그 여자가 가정의 수호자인 남편을 살해했으니까.

(아테나 여신이 단지 안에 투표석을 떨어뜨린다.)
투표 결과가 가부 동수로 나와도 피고가 승소할 것이오.
어서 가능한 한 빨리 단지 안에서 투표석을 꺼내 쏟아라.
배심원들 가운데 이 임무를 맡은 자는 말이다.

(아테나 여신은 그녀의 자리로 돌아간다. 배심원 두 명이 투
표 단지들로 가서는 그것들을 탁자 위에 뒤집어엎는다.)

오레스테스　포이보스 아폴론이여, 어떤 판결이 나왔나요?
코러스　검은 어머니, 밤의 여신이여, 이 일을 보고 계시나요?　　745
오레스테스　이제 치명적 올가미로 죽거나, 햇빛을 바라보겠지.
코러스　우리가 몰락해 사라지거나, 앞으로도 명예를 누리겠지.
아폴론　배심원 여러분, 단지를 뒤집어 투표석을 쏟아 놓고 정확히
　　헤아려 주게나. 표결 처리할 때 경건하여 부정한 짓
　　하지 말기를. 제대로 판결하지 않으면 커다란 재앙이 될 것이다.　750
　　투표석 하나가 쓰러진 집안을 다시 일으켜 세울 수 있으니까.
아테나　(오레스테스를 가리키며)
　　여기 이 남자는 살인죄로 기소되었으나, 무죄, 라고 판결하여
　　석방하노라. 투표석을 헤아려 보니 가부 동수이기 때문이다.

(아폴론이 퇴장한다.)

오레스테스　오 팔라스여, 나의 집을 구해 주신 분이시여.

755 당신께선 아버지 땅에서 쫓겨난 저를 다시 그곳에
거주하게 해 주셨습니다. 헬라스인들 중 누가 말할 겁니다.
"아르고스의 남자가 살아서 아버지의 재산을 다시
찾게 되었구나." 팔라스와 록시아스 덕분에,
셋째로는 만사 이루는 구원자 제우스 덕분에 말입니다.
760 바로 그분께서 여기 어머니의 대변자들을 보시고
아버지의 죽음을 존중하여 저를 구하신 겁니다.
저는 지금 집을 향해 출발합니다.
다가올 영원한 시간을 위해 이 땅과 당신의 백성들에게
맹세했으니, 우리 나라의 어떤 키잡이도
765 무기로 잘 무장하여 전쟁 신을 데리고
이 땅을 찾는 일은 없을 거라고.
언젠가 나 자신이 무덤 속에 거주하더라도
지금 내가 맹세한 바를 위반한 자는
대책 없는 불행을 가해 원정 길을 막겠습니다.
770 행군할 때는 그 기세를 꺾고, 그들이 지쳐
후회할 때까지 불길한 전조가 나타나게 할 겁니다.
한데 그들이 맹세를 잘 지키고 팔라스의 이 도시를
동맹의 창으로 언제나 존중한다면
나는 그들에게 호의를 가질 겁니다.
775 안녕히 계십시오. 당신과, 도시에 거주하는 백성들이여.
여러분은 적들이 피할 수 없는 기술을 가지고 있으니
그것이 전쟁에서 구원을 주고 승리를 가져다줄 겁니다.

(오레스테스가 퇴장한다.)

코러스 *이오(iō)*, 나이 어린 신들이여, 오래된 법을　　　　　(좌 1)
　　　　짓밟아 버리고 내 손에서 빼앗았구나.
　　　　불쌍하게도, 나는 명예를 잃고 심하게 분노하여　　　　780
　　　　여기 이 땅에, *페우(pheu)*, 불행 낳는
　　　　독을, 독을 내 심장에서 뿜어내 되갚아 주리라.
　　　　독은 대지를 불모로 만드는 방울,
　　　　그로부터 생겨난 이끼 같은 돌기가
　　　　나뭇잎을 말려 버리고 아이도 낳지 못하게 하고,　　　　785
　　　　정의여, 정의여, 토양을 휩쓸어 버리며
　　　　인간에게 치명적인 오염을 대지 안에 던져 넣으리라.
　　　　신음 소리 나네, 어찌해야 할까,
　　　　웃음거리라니. 시민들에게 이런 대접을
　　　　받다니 견딜 수 없구나.　　　　790
　　　　이오(iō), 밤의 여신의 딸들이여,
　　　　우리는 엄청난 재앙을 겪었어라.
　　　　비통한 심정이고, 불명예를 뒤집어썼구나.

아테나 내 설득의 말을 들으시고 무거운 탄식으로 받지
　　　　마시오. 여러분은 패한 게 아니라 재판 결과가 정말로　　　　795
　　　　가부 동수였으니, 여러분의 불명예가 아니라오.
　　　　제우스에게서 비롯된 법정에는 명백한 증거가 있었고
　　　　증거 제시한 증인 자신이 바로 신탁을 내렸는데,

오레스테스가 그 일로 피해를 입지 않는다는 신탁이었소.

800 그러하니 여러분은 여기 이 땅에 심각한 분노를

퍼붓지 마시오. 분노하지 마시오. 허파에서

독액을 뚝뚝 떨어뜨려 이 땅을 불모지로 만들지 마시오.

씨앗들을 잡아먹는 사나운 거품 말이오.

망설이지 않고 나는 여러분에게 약속하는 바요.

805 여러분은 우리 땅 지하에 거주지를 받고

제단 옆 빛나는 옥좌에 앉아서

여기 이 시민들의 공경을 받게 될 것이오.

코러스 *이오(iō)*, 나이 어린 신들이여, 오래된 법을   (우 1)

짓밟아 버리고 내 손에서 빼앗았구나.

810 불쌍하게도, 나는 명예를 잃고 심하게 분노하여

여기 이 땅에, *페우(pheu)*, 불행 낳는

독을, 독을 내 심장에서 뿜어내 되갚아 주리라.

독은 대지를 불모로 만드는 방울,

그로부터 생겨난 이끼 같은 돌기가

815 나뭇잎을 말려 버리고 아이도 낳지 못하게 하고,

정의여, 정의여, 토양을 휩쓸어 버리며

인간에게 치명적인 오염을 대지 안에 던져 넣으리라.

신음 소리 나네, 어찌해야 할까,

웃음거리라니. 시민들에게 이런 취급을

820 당하다니 견딜 수 없구나.

이오(iō), 밤의 여신의 딸들이여,

우리는 엄청난 재앙을 겪었어라.

비통한 심정이고, 불명예를 뒤집어썼구나.

아테나 무시당한 게 아니라오. 여러분은 신들이니

과도하게 분노하여 인간 땅을 혼란스럽게 하지 마시오. 825

나는 제우스 신께 의지하고 있소. 무슨 말이 필요하겠소?

신들 가운데 나 혼자서, 번개가 봉인된

창고 열쇠를 잘 알고 있소이다.

하지만 그건 필요 없소. 여러분은 내 말에 잘 설득되어,

헛된 혀로 모든 과실 맺는 것이 번성하지 830

못한다는 말을 이 땅에 내뱉지 마시오.

잠재우시오, 밀려오는 검은 물결로 날 선 힘을.

여러분은 시민들이 이미 경외하며 나와 함께 거주하게 되니.

이 땅, 강력할 이 땅의 선물(先物)을,

출산과 성혼에 앞선 의식에서 제물을 835

받게 되니, 이런 제안을 늘 고맙게 여기시리라.

코러스 내가 이런 꼴을 당하다니, *페우(pheu)*, (좌 2)

연로하고 현명한 내가 지하에 살아야 하다니

망신살이 뻗쳤다. *페우(pheu)*, 혐오스러운 존재라니.

정말, 온통 광기와 분노의 840

숨을 몰아쉬고 있구나.

오이오이 다 페우(oioi da pheu).

이게 대체 뭐란 말인가? 내 옆구릴 고통이 관통하다니.

어머니 밤이시여! 제 말을 들어주십시오.

845 저항 못하게, 신들이 속임수를 꾸며

오래된 특권을 앗아 가니 아무 존재도 아니로다.

아테나 당신의 분노를 너그러이 받아 주겠소. 당신은 저보다

연장자이시고, 바로 그런 이유로 훨씬 더 현명하시니까요.

850 그러나 제우스께선 내게도 상당한 사고력을 허락하셨소.

여러분이 다른 종족의 나라로 간다면

이 땅을 연모하게 되리라 예언하는 바요.

시간 흘러 미래엔 여기 시민들이 더욱 커다란 영광을

누리게 되고, 당신도 에렉테우스의 집 근처에*

855 영광스러운 자리를 차지하고, 어떤 다른

인간 종족이 결코 줄 수 없는 그런 명예를

남녀의 행렬이 선사하게 되리라.

여기 내 장소에 당신은 유혈의 날을 세워

젊은 내장들을 해치지 마시오.* 술 취하지 않은

860 열정으로 광분하게 만들면서 말이오.

또 수탉들의 심장에 하듯이 자극하고,

서로 싸우도록 대담하게 하는 종족 내

폭력의 욕망을 내 도시에는 심지 마시오.

대신 외적에 맞선 전쟁이 있게 하시오. 그것도 충분하게 말이오.

865 거기에는 영광을 향한 불타는 욕망이 있으니까.

제 조개 무덤을 차지하려 수탉들이 다투는 걸 중시하지 않소.

이것이 나의 권유로 여러분이 선택할 미래라 하겠소.

여러분이 잘 행동하고 잘 대접받고 잘 존중받아

신에게 사랑받는 이 땅을 나누는 것이라오.

코러스   내가 이런 꼴을 당하다니, *페우(pheu)*,   (우 2)

연로하고 현명한 내가 지하에 살아야 하다니   871

망신살이 뻗쳤다. *페우(pheu)*, 혐오스러운 존재라니.

정말, 온통 광기와 분노의

숨을 몰아쉬고 있구나.

오이오이 다 페우(oioi da pheu).

이게 대체 뭐란 말인가? 내 옆구릴 고통이 관통하다니.   875

어머니 밤이시여! 제 말을 들어주십시오.

저항 못하게, 신들이 속임수를 꾸며

오래된 특권을 앗아 가니 아무 존재도 아니로다.   880

아테나   이렇게 좋은 것을, 결코 지치지 않고

당신께 말하고 있소. 오래된 신이지만, 나처럼 젊은 신과

내 도시의 시민들에게, 이 땅에서 쫓겨나

불명예스럽게 떠돌아다닌다고 말하지 마시오.

설득의 여신이 지닌 놀랄 만한 힘을 당신이 공경한다면   885

내 말의 애무에 매혹되어 황홀하게 되리라.

그러하니 머무르시길, 그렇게 하지 않더라도

이 도시에 어떤 분노와 증오를 나누어 주시거나

백성에게 어떤 해를 끼치신다면, 그건 정의롭지 못한 일이오.

당신은 이 나라의 주인이 되어 정당하게   890

영원히 공경받을 기회를 가지고 계시니까.

코러스 여주인 아테나여, 내가 어떤 자리를 갖는다는 말이오?

아테나 온갖 고통과 곤경에서 벗어나는 자리. 받아 주시오.

코러스 받아들인다면, 어떤 특권이 날 기다리고 있소?

895 **아테나** 당신 도움 없이는 어떤 집도 번성하지 못할 것이오.

코러스 당신이 그렇게 하여 내가 그런 힘을 갖는 것이오?

아테나 그렇소. 여러분을 공경하는 자의 행운을 세우려는 것이오.

코러스 앞으로 언제나 그것을 보장할 수 있겠소?

아테나 그렇소. 나는 이루지 않는 걸 말하지 않을 자유가 있으니까.

900 **코러스** 내 마음을 매혹하는 듯…… 분노에서 벗어나리다.

아테나 그건 이 땅에 살며 새로운 친구를 얻는 걸 뜻하오.

코러스 하면 이 땅을 위해 무엇을 축원하라고 내게 말하는 것이오?

아테나 불명예가 아닌 승리에 어울리는 것들,

다시 말해, 대지와 바다와 하늘로부터 온 것들 말이오.

905 그리고 찬란한 햇빛과 함께 바람이 공기를 불어 주며

이 땅에 들어오게 해 주시오.

시민들의 대지와 가축이 결실로 풍성하게 흘러넘쳐

번창하고 시간이 지나도 지치지 않게 해 주시고,

인간의 종자들도 잘 보존해 주시오.*

910 경건한 자들에겐 보다 더 많은 생산력을 허락하시길.

식물의 목자*인 양 나는 여기 정의로운 자들*의 종족을

소중하게 아껴서 이 종족이 애도하는 일은 없게 하리라.

이런 것들이 바로 당신이 선사하게 되는 것이라오.

나로선 전쟁이란 영광스러운 경쟁에서 승리하게 하여,

사람들이 이 도시를 존경하지 않는다면, 참지 않으리라. 915

코러스　팔라스와 함께 거주하는 것을 받아들이고　　　　(좌 1)

이 도시를 무시하지도 않을 것이오,

이 도시엔 전능한 제우스와 아레스가 살고 있으니.

이 도시는 신들의 경계 초소이고

그들 제단의 보호자이며 920

헬라스 신들의 자랑이라오.

이 도시를 위해 기도하며

친절한 마음으로 이렇게 예언하노라.

태양의 찬란한 빛줄기로

도시 생활에 유익한 축복이 925

대지에서 풍요롭게 터져 나오게 하리라.

아테나　이들 시민에게 내가 선의를 가지고

이 일을 하는 것이라오, 이들 위대한 신성을,

기뻐하기 어려운 신성을 여기 거주하게 하여,

그들이 모든 인간사를 맡아서 930

관리하는 임무를 맡았으니까.

그들이 적대하는 자는 어디에서

생명의 타격이 오는지도 알지 못하고

선조로부터 생겨난 죄로

그들 앞에 끌려 나와 심판을 받게 되리라. 935

비록 그자가 큰소리치더라도,

침묵하는 파멸은 적대하는 분노로 일어나 937a

937b　　　　그를 먼지로 만들어 버리리라.

코러스　　바람이 불어 나무를 해치지 말기를,　　　　　　　　　(우 1)
　　　　내 자비로운 선물이로다.
940　　　나무에서 새싹을 앗아 가는 불타는 열기,
　　　　그것이 땅의 경계를 넘지 않게 하고
　　　　곡식 파괴하는 극심한 질병이
　　　　그들을 덮치지 않게 하라.
　　　　가축 떼가 번성하고, 판 신께서는
945　　　이중의 태아를 길러 주시기를
　　　　비나이다. 정해진 시간에 후손들이
　　　　토지에서 많은 부를 얻고, 신들이 허락한
　　　　뜻밖의 선물*에 보답하기를 바라노라.

아테나　　(아레오파고스의 구성원들에게) 도시의 방벽이여,
950　　　이런 말로 이루는 게 무엇인지 듣고 있느냐?
　　　　위엄 있는 여주인 복수의 여신은
　　　　불멸하는 자와 땅 아래 망자 사이, 커다란 힘을 가지시니.
　　　　인간에 대해선 이분들이 어떻게 행동하여 목적을 이루시는지
　　　　분명하구나. 어떤 이에겐 즐거운 노래를 베푸시고
955　　　어떤 이에겐 눈물 얼룩진 삶을 가하시네.

코러스　　제 수명 다하기 전 사내를 굴복시키는 불행한 일을　(좌 2)
　　　　금하노라. 사랑스러운 젊은 여인은 살아서
960　　　남편을 얻게 해 주소서. 응당 그런 능력을 가진 신들과,
　　　　우리 자매이며 같은 어머니에서

태어난 운명의 여신들이여.

이 여신들은 정당하게 분배하는 신성이시고

모든 가정에 참여하는 분이시며

언제나 위중한 권력을 가지고 965

정의롭게 찾아오시어

모든 면에서 신들 가운데 가장 명망 드높은 신들이라네.

아테나 이런 일을 이분들이 내 나라에

호의를 품고 이루려 하시니

기뻐하노라. 행복하여라. 970

이 여신들이 거칠게 내 말을 거절했을 때 설득의 여신께선

두 눈으로 지켜보시며 혀와 입을 이끌어 주셨으니.

승리하셨노라, 집회의 신 제우스*께서!

선의를 위한 내 노력이 영원토록

지속하는 승리를 거머쥐었구나. 975

코러스 이 도시에선 악에 물리지 않는 내전이 일어나 (우 2)

굉음이 울리지 않기를 기원하노라.

흙먼지가 시민의 검은 피를 980

다 마셔 버리고 복수심에

사로잡혀 서로를 죽여서

성급하게 도시의 파멸을 움켜쥐지 않기를 기원하노라.

대신, 선행을 주고받으며

함께 우정을 나누기로 결심하고 985

한마음으로 미워하길 바라노니,

많은 질병을 치유하는 길이 되리라.

아테나　이분들은 훌륭한 말이 닦은 길을 찾아낼 생각이지요?

990　이들 무시무시한 얼굴로부터 여기 시민들이

커다란 이익을 얻게 된다는 걸 알고 있소.

여기 친절한 분들을

친절한 마음으로 크게 존경한다면

이 땅과 도시를 올바른 정의의 길로 이끌고

995　모든 면에서 영광을 누리게 되리라.

코러스　기뻐하시오. 여러분이 받아 마땅한 부에 기뻐하시오. (좌 3)

기뻐하시오, 아티카 백성들이여,

제우스의 처녀 딸 옆에 앉아

사랑받고 사랑하며

1000　적절한 때 분별 있으니.*

팔라스의 날개 아래 여러분을

그녀의 아버님이 존중하시나이다.

(아테나 폴리아스*의 여사제가 입장한다. 그리고 그녀의 두 조수도 입장한다. 사원의 많은 시종들이 횃불과 자줏빛 의복을 나르며 희생 제물로 바칠 여러 동물을 이끈다. 그들은 마지막 노래할 두 번째 코러스를 구성한다.)

아테나　여러분도 기뻐하시오. 여러분에게 방을

보여 주려고 이들 호위자의 신성한 불빛을 받으며

나는 여러분보다 앞서가야만 하오. 　　　　　　　　　　1005

가시오. 이들 엄숙한 희생 제물과 함께

지하로 서둘러 내려가시어

해로운 것은 분리하여 억제하고

유익한 것은 올려 보내 도시가 승리하게 하시오.

(아레오파고스 위원들에게) 그대들, 이 도시에 사는 　　　　　1010

크라나우스*의 아이들이여. 이들 이주자에게 길을

안내해 주게나. 여신들이 선사하는 호의를

시민들이 호의로 여기기를.

코러스　기뻐하시오. 한 번 더 기뻐하시오, 　　　　　　(우 3)

반복하여 말하노니. 　　　　　　　　　　　　　　　1015

도시 안 모든 신들과 인간들이여,

팔라스의 도시에 거주하며

이주민인 나를 존경한다면

삶의 운수에 대해

불평할 일 없으리라. 　　　　　　　　　　　　　　1020

아테나　이런 축복의 말에 감사의 뜻을 전하오.

번쩍이는 횃불 빛으로 여러분을

땅 밑 아래의 장소로 안내하리다,

내 신상을 지키는 여사제들도 함께하며,

합당하게도, 테세우스의 나라 전체의 두 눈*에 　　　　　1025

여러분이 도착하실 것이오.

소녀와 여인의 명성 드높은 무리와

노모의 행렬은 자줏빛 예복을 차려입고*

그들을 경배하라, 불빛이 앞서 나가게 하라.

1030 하여 앞으로 이 땅의 우리 동료가 이 땅에 친절하게

남자다운 탁월성이란 영광스러운 축복을 주시도록.

(이제 코러스가 자줏빛 의복을 차려입고, 아테나 여신이 행렬

을 이끈다.)

두 번째 코러스 길을 가세요. 위대하고 명예 사랑하는 (좌 1)

자식 없는, 밤의 여신의 딸들이여, 저희가 친절하게

1035 안내하겠나이다. 이 땅의 백성들이여,* 경건한 침묵을 지키시오.

이 땅에 아주 오래된 모퉁이 안쪽에서 (우 1)

여러분은 의식과 제물로 커다란 존경을 받으실 겁니다.

여기 모든 시민들이여,* 경건한 침묵을 지키시오.

이 땅에 자비롭고 올바른 마음으로 (좌 2)

1041 이곳으로 오세요, 존엄한 여신들이여,

여러분이 가는 길에, 횃불 잡아먹는 빛에 즐거워하시며.

이제 노래의 장식으로 승리의 환호성을 올려라.

횃불 가득 찬 집으로 서둘러 입장하세요. (우 2)

1045 만물 내려다보는 제우스 신과 운명의 여신들이

팔라스의 시민을 위해 그렇게 동의하셨노라.

이제 노래의 장식으로 승리의 환호성을 올려라.*

(행렬이 출발하자 모든 시민들이 승리의 함성을 지르며 행렬
에 동참한다.)

9　　**개처럼 팔꿈칠 기대고 누워**　파수꾼은 두 팔을 앞으로 뻗고 머리는 약간 들어 올린 자세를 취하고 있다. 이러한 자세 덕분에 먼 언덕 위의 봉홧불을 잘 볼 수 있을 것이다.

10　　**약초를 잘라 넣듯**　약용 식물의 줄기나 뿌리를 잘라서 치료약을 추출했다.

　　　이우이우　*iou iou.* 그리스어 감탄사는 괄호 안에 이탤릭 로마자로 표기한다.

　　　잘 나온 숫자에 따라 말을 움직여야지　백개먼(backgammon)과 같은 주사위 놀이를 생각해 보라.

11　　**내 혀엔 커다란 소가 서 있으니까**　입에 자물쇠가 채워져 있다는 뜻이다.

　　　나로선 아는 자에겐 기꺼이 말하고 모르는 자에겐 고의로 잊을 거다　파수꾼이 관객에게 말을 거는 듯하다. 신화를 잘 아는 관객이라면 클뤼타이메스트라와 아이기스토스의 간통을 암시했음을 알 것이다.

12　　**환대의 신**　제우스는 손님과 주인이 지켜야 할 환대의 법도[크세니아(xenia)]를 관장하는 신이다. 파리스는 메넬라오스의 손님으로 왔다가 주인 메넬라오스의 아내 헬레네를 데리고 도망치는 범죄를

저질렀다.

알렉산드로스 트로이아 왕자 파리스의 별칭.

혼례 전 희생 제의 트로이아 전쟁은 헬레네와 메넬라오스의 재결합을 위한 희생 제의라는 뜻이다.

13　**투혼** 전쟁 신 아레스(Ares)를 번역한 말이다.

세 발로 길을 가고 노인이 단장을 짚으며 길을 간다는 뜻으로, 오이디푸스의 신화에서 스핑크스의 수수께끼를 떠올리게 한다.

14　**창 휘두르는 오른손 방향에서** 오른쪽에서 나타나 보이는 전조는 상서로운 것이다.

15　**토끼 종의 후손** 토끼를 말한다.

검은 새와 흰 꼬리의 검은 새가…… 마지막 도망 길이 끊어졌구나 "독수리의 전조는 과거에 일어난 사건을 떠올리게 한다. 새끼 밴 토끼가 두 마리 독수리에게 희생된 것은 우선 아가멤논의 아버지 아트레우스가 튀에스테스의 자식들을 잡아서 요리해 튀에스테스에게 먹인 과거를 상징한다. 아울러 이 전조는 전쟁에서 아가멤논과 메넬라오스가 트로이아인들을 무참하게 학살하는 미래의 사건도 상징한다. 그런데 아트레우스가 차린 식사는 아르테미스 여신의 분노를 일으켜, 원정을 떠나려는 아가멤논이 이피게네이아를 희생 제물로 바치게 한다"(김기영, 『신화에서 비극으로』, 문학동네, 2014, 55쪽).

16　**두 번째 희생 제물** 이피게네이아를 암시한다.

자식으로 복수하는 그리스어 테크노포이노스(teknopoinos)를 번역한 것이다. 이 형용사는 교활한 가정 관리자(클뤼타이메스트라)가 분노하여 한 아이(이피게네이아)의 죽음을 복수하기도 하지만, 한 아이(오레스테스)에게 복수를 당한다는 뜻도 내포한다. 아울러 '테크노포이노스'는 과거에 아가멤논의 아버지 아트레우스가 튀에스테스의 아이들을 요리하여 튀에스테스로 하여금 먹게 하는 악행을 저지른 것에 아이기스토스가 분노하여 아가멤논에게 복수하는 것과도 연결된다. 이 형용사는 과거와 현재와 미래를 넘나들며 오레스테이아 3부작의 핵심 플롯과 연동되어 세대를 거쳐 이루어지는 복수의 역사를 암시한다(Simon Goldhill, *Aeschylus The Oresteia*, Cambridge, 1992, pp. 77~78).

17 **세 번 내던져져** 레슬링 경기에서 세 번 내던져져 바닥에 쓰러지면 경기에서 지는 것이다.

고통을 통한 배움 그리스어 파테이 마토스(pathei mathos)를 번역한 것이다. 이는 오레스테이아 3부작 전체를 관통하는 중요한 주제인데, 인간이 행위하고 나서 고통을 겪고 배움에 이른다는 것이다.

뚝뚝 듣고 있으니 물방울이 듣는 소리는 성가신 소음으로 잠을 잘 수가 없다. 여기에서 심장은 사고와 감정의 자리로 나타난다.

지엄한 조타수 자리에…… 호의를 강제로 베푸시는 듯하구나 웨스트(West)의 비판정본에 따른 번역은 다음과 같다. "조타수 자리에 앉은 신들이 강제로 베푸는 호의가 도대체 어디에 있단 말인가?"

18 **바람이 스트뤼몬에서 불어닥쳐** 트라키아 지방에서 불어오는 북풍을 말한다.

사람을 헤매게 하고 먹을 걸 찾아서 헤맨다는 것이다.

19 **바람 재우는 희생 제물과…… 사내가 욕망하는 것은 당연한 법** 214~216행은 서머스타인(Sommerstein)의 독법에 따라 우리말로 옮겼다.

20 **선단 출항 전 의식을 거행하려고** 이피게네이아가 아울리스에 오게 하려고 아킬레우스와의 결혼을 거짓으로 꾸몄는데, 이 구절이 바로 그 결혼을 암시하고 있다.

가문에 퍼붓는 저주의 소리를 막으라고 희생 제물이 저항하면 희생 제의는 무효가 된다는 생각이다.

21 **저울을 기울이시니, 고통을 통해 배우게 되리라** 저울이 기울어 트로이 아인들이 고통을 겪고 배우게 된다는 것을 말한다.

아피아 땅 아르고스(Argos)를 말한다.

40~257 파로도스 (1) 40~103: 아르고스 장로들의 코러스가 입장하며 과거를 떠올린다. 아가멤논과 메넬라오스가 군대를 이끌고 트로이아로 원정을 떠난 지도 10년의 세월이 지나갔다. 제우스 신은 파리스가 헬레네를 납치한 것을 복수하는 전쟁을 허락하셨다. 많은 사내들이 헬레네 때문에 많은 고통을 겪고 전사했다. 한편 장로들은 그들 자신이 너무 연로하고 허약해서 트로이아 원정을 떠나지 못했다고 한탄한다. 클뤼타이메스트라가 궁전에서 등장한다. 장로들은 왜 그녀가 도시의 모든 제단에 희생 제물을 바치라고 명령했는지 물어본다. 하지만 아무 대답도 들을 수 없다. (2) 104~159: 장로들은 아가멤논이 원정을 떠날 때 나타난 전조에 대해 이야기한다. 두 마리의 독수리가 새끼 밴 토끼를 잡아먹는 전조다. 이 전조를 두고 예언자 칼카스는 트로이아 정복을 예언한다. 하지만 아르테미스 여신의 분노를 걱정하는데, 두 마리 독수리가 토끼를 희생시킨 것에 여신이 분노했기 때문이다. 따라서 아르테미스 여신이 아가멤논에게 희생 제물을 요구할 것이다. 아가멤논이 희생 제물을 바치지 않으면 원정군이 트로이아로 항해할 수 없다고 덧붙인다. (3) 160~183: 장로들은 갑자기 '고통을 통한 배움'이란 제우스의 법칙을 노래한다. 인간이 행위하면 고통을 받고, 그 고통을 겪으며 배움에 이른다는 것이다. 신들이 인간사에 개입하면 고통이 뒤따르는 법이다. 이처럼 세계를 운행하는 신들의 호의란 강제적인 듯하다. (4) 184~247: 다시 원정에 대한 이야기로 돌아가서 장로들은 어떻게 원정군의 선단이 아르테미스 여신이 보낸 역풍으로 아울리스에서 항해할 수 없었는지 이야기한다. 칼카스의 예언에 따르면 분노한 여신을 달래기 위해선 이피게네이아를 희생 제물로 바쳐야 한다. 아가멤논이 딜레마 상황에 빠진 것이다. 딸을 희생 제물로 바치면 가정의 불화를 낳고, 그렇게 하지 않으면 원정을 떠날 수 없어 동맹의 서약을 어기는 것이 된다. 마침내 아가멤논은 이피게네이아의 희생을 결정하고 그녀를 제단에서 도살하게 한

다. 그러고 나서 원정군은 트로이아를 향해 떠난다. (5) 248~257: 다음 일은 아는 바가 없어 장로들은 더 이상 이야기하지 않는다. 그런데 정의의 여신이 트로이아인들에게 고통을 통한 배움을 주리라고 확신한다. 시간이 지나면 모든 것을 알게 될 것이다. 클뤼타이메스트라가 제사를 드리는 이유를 물어보려고 장로들은 다시 그녀에게 말을 건다.

22 헤파이스토스요 봉홧불을 환유로 표현한 것이다. 클뤼타이메스트라가 승전 소식에 대한 증거를 첫 단어로 제시하는 것이 놀랍다.

신의 마음에 〈 〉는 웨스트가 추정한 바를 옮긴 것이다. 287~288행 사이엔 탈문(lacuna)이 있다고 추측한다. 아토스에서 에우보이아까지는 먼 거리라서, 그 사이에 다른 봉화대가 있었을 것이다. 그 봉화대가 바로 페파레토스(현재 스코펠로스)라고 추정한다.

23 마키스토스 에우보이아에 있는 산이다.

멧사피오스 테베 북동쪽 해안가 안테돈 항구 영역에 위치한다.

아소포스 보이오티아 지방의 강으로, 플라타이아와 키타이론 산과 테베를 나누며 흐른다.

염소들이 싸대는 산 아테나이와 엘레우시스 사이에 위치한 아이갈레오스 산으로 보인다.

사로니스 해협을 굽어보는 곳 이스트모스와 에피다우로스 사이에 위치한 가장 중요한 곳인 스피리(Spiri)로 보인다.

24 봉화 주자들 도시 국가 아테나이에서 벌어진, 프로메테우스나 헤파이스토스를 찬양하는 축제에서 한 팀을 이루어 횃불을 들고 치르는 이어달리기 경주를 암시한다.

첫 주자와 마지막 주자 모두 승리를 거머쥔 셈 횃불 경주를 한 모든 주자가 한 팀을 이루어 승리한 것이다. 첫 번째 주자는 봉화를 보낸 아가멤논이고, 마지막 주자는 그것을 받은 클뤼타이메스트라이다. 봉화 신호가 트로이아 정복자 아가멤논의 승리를 의미하지만, 아가멤논을 죽여 클뤼타이메스트라가 승리하는 것도 의미한다.

25   **잠자게 되니…… 알 수 있을 거요** 346행과 347행 사이엔 탈문이 있는데, 웨스트가 추정한 바를 옮긴 것이다.

    많은 축복들 가운데 이것을 누리기로 선택했으니까요 원정군의 무사 귀향을 바란다는 뜻이지만, 장로들이 생각하지 못한 축복, 즉 아가멤논의 살해도 암시한다.

27   **부귀영화는 포만을 막는 방벽이 되지 못하네** 헤시오도스와 솔론에서 아이스퀼로스의 비극에 이르기까지 인간 멸망은 네 가지 단계로 알려져 있다. 올보스(olbos, 부)-코로스(koros, 포만/무절제)-휘브리스(hybris)-아테(atē, 미망과 파멸)가 바로 그것이다. 다시 말해서, 엄청난 부를 가진 자는 포만으로 무절제해져 휘브리스를 범하고 제 분수를 망각하여 자신의 힘에 취해 흘려 있다가 악령 다이몬(daimōn)에 이끌려 파멸의 나락으로 추락한다는 것이다. 그런데 코러스의 말은 어떤 이가 부유하더라도, 기계적으로 포만/무절제로 이어져 휘브리스를 저질러 정의를 짓밟는 것이 아니라, 포만(무절제)으로 인해 정의를 짓밟으면 아무리 많은 재산이라도 파멸을 막는 방벽은 되지 못한다는 것이다.

    설득은 미리 계획하는 파멸의 견딜 수 없는 자식이거늘 여기에서 설득은 파멸, 즉 아테(atē)의 자식으로 나타난다. 우선 황금 사과를 파리스에게 받은 아프로디테 여신이 파리스를 설득했음이 틀림없다. 아울러 눈부시게 아름다운 헬레네가 파리스를 유혹하여 설득한 것이다.

    불순한 청동인 양 납과 섞인 청동은 문지르면 표면이 검은색으로 바뀐다.

    법으로 처벌받을 때처럼 범죄자가 붙잡혀 처벌을 받으면 범죄자가 숨긴 진짜 성격이 모두에게 드러난다.

    날개 치는 새를 뒤쫓아 처벌을 피하기 위해 무리한 짓을 한다는 뜻이다.

28   **도시에 견딜 수 없는 해악을 끼쳤으니** 파리스 한 사람의 범죄로 트로

이아 전체가 고통을 당하게 된다.

남편 사랑한 흔적들이여 헬레네의 육체가 결혼 침대에 남겨 놓은 흔적들을 말한다.

아름다운 조각상들 헬레네의 조각상으로 보인다. 궁전을 떠난 그녀의 아름다움을 상기하기 위한 조각상이라 하겠다.

29 **환전상 아레스** 환전하는 아레스의 표상은 호메로스 『일리아스』에서 인간 운명을 저울로 재는 표상과 섞여 있다.

무거운 재 사금(砂金)을 말한다. 그런데 여기에선 유골 단지가 도착하여 사람들이 엄청난 고통을 겪기에 무거운 것이다.

30 **주요 소송인** 트로이아 전쟁을 법정 소송에 비유하고 있다.

밤이 감춘 뭔가를 듣고자 기다리니 아르고스에 쿠데타가 일어날 수도 있고 아트레우스의 두 아들이 암살될 수 있음을 암시한다.

31 **망자의 땅에 가도 막을 방도가 없다네** 죽은 범죄자도 복수의 여신들이 뒤쫓는다고 한다.

한데 그 소식이…… 누구란 말인가 첫 번째 에페이소디온에서 코러스는 클뤼타이메스트라가 전한 승전 소식을 믿었다. 이제는 승전 소식을 의심하는데, 이는 개연성이 부족해 보이지만, 다음 장면과 대비시키기 위한 극작술로 보인다.

32 **355~488 제스타시몬** 코러스는 트로이아 멸망이 제우스의 분노에서 비롯되었다고 노래한다. 제우스 신은 언제나 인간의 불경과 오만을 징벌하신다. 헬레네를 강탈한 파리스가 신성한 환대의 법도를 위반하는 범죄를 저질렀다. 따라서 파리스와 트로이아인들은 죄에 대한 응분의 대가를 지불한 것이다. 그런데 끔찍한 전쟁으로 헬라스인들도 엄청난 고통을 겪었다. 전사자의 유해가 헬라스 땅에 도착한다. 아들과 남편의 죽음이 모두 다른 사내의 아내 탓이다. 이에 아르고스인들이 분노하고 있다. 아가멤논 왕이 전쟁을 일으켜 많은 백성을 희생시켰으니 벌을 받지 않을까 코러스가 염려한다. 전쟁에 책임 있는 자는 신들이 두고 보다가 징벌하기 때문이다.

명성과 권력을 피해야 가장 안전하게 살 수 있다.

올리브 가지로 머리 장식한 전령　전령이 좋은 소식을 가져오는 경우다.

33　**적대하셨으니**　트로이아 전쟁에서 아폴론 신은 트로이아인들의 편이었다.

태양 마주한 신들이여　건물 입구에 신전이 있는 신들을 말한다. 아폴론이나 헤르메스 신이 여기에 해당한다.

34　**절도로**　헬레네와 파리스는 메넬라오스의 궁전에서 물건도 훔친 것으로 보인다.

그래서 그대 말마따나 지금은 죽음조차 큰 축복이라오　코러스는 어떤 재앙이 닥칠 것을 두려워한다. 그러나 코러스가 두려워한 일이 무엇이든 왕의 도착으로 문제가 해결될 거라고 전령이 믿고 있다.

35　**이다 산의 눈은 참기 힘든 겨울을 가져왔고**　눈에 덮인 이다 산에서 불어오는 차가운 바람을 말한다.

573~574　569행과 570행 사이에 573~574행을 옮겨 놓았다.

36　**지금 원정군은 극찬받게 되리라 장담하오**　탈문이 있는 부분인데 웨스트가 추정한 바를 옮긴 것이다.

37　**봉인**　하지만 관객은 클뤼타이메스트라가 이미 정조의 봉인을 뜯었음을 알고 있다.

쇠를 담금질하는 법　쇠는 그리스어 칼코스(chalkos)를 옮긴 것인데, '칼코스'는 본래 청동을 뜻한다. 하지만 이 단어는 공구나 무기로 사용되는 온갖 금속을 의미한다. 쇠는 차가운 물에 담겨 담금질되었지만, 청동은 그렇게 담금질되지 않았다. 그런데 아가멤논의 피에 담겨질 쇠가 바로 클뤼타이메스트라라는 암시가 숨어 있다.

38　**아주 그럴싸한 말이라오**　코러스는 클뤼타이메스트라의 말을 의심하고 있다.

그 남자는 아카이아인들의 선단에서 사라져 버렸소. 그분 자신과 배 모두가　『오뒷세이아』 제3권 130~179행과 276~302행을 보면 출항 문제로 아가멤논과 다툰 메넬라오스는 아가멤논보다 먼저 출항했다.

그런데 고향 가까이 다가갈 때 폭풍에 휘말려 이집트로 밀려나게 된다. 그런데 이 비극에선 원정군의 전체 선단이 함께 출항한 것으로 보인다.

39 **그런 소식은 신들에게 돌아갈 명예와 어울리지 않으니까** 불행한 소식을 전하는 것은 승리를 안겨 준 신들에게 불명예를 주는 것이기 때문이다.

희생 제물 은유적인 표현으로, 전사한 군인들을 말한다.

치유의 노래 파이안(paian)을 옮긴 것이다. 파이안은 기쁨의 노래이기 때문에 복수의 여신들에게 파이안을 부른다는 것은 불경한 역설이다.

트라키아에서 불어온…… 서로 부딪치게 하여 웨스트가 야코프 멜리(Jakob Mähly)의 제안을 받아들여 두 행을 뒤바꾸었다.

고약한 목동 탓에 어지러이 맴돌더니 보통 목동은 양들을 모두 함께 움직이게 하지만, 이 폭풍이란 고약한 목동은 양들이 혼란스럽게 떼 지어 돌아다니게 한다.

41 **배 잡고 사내 잡고 도시 잡는 여자** helenaus, helandros heleptolis를 옮긴 것인데, 접두어 헬레(hele)는 부정사 헬레인(helein, 잡다, 죽이다)에서 온 것이고 이 말은 헬레네(Helene)의 이름을 떠올리게 하는 언어유희다.

정교하게 짜인 침대의 장막 결혼 침대의 커튼을 말한다.

서풍 제퓌로스를 말하는데, 이 바람으로 사흘이 되기도 전에 헬레네와 파리스가 트로이아에 도착했다고 한다.

불화의 여신 그리스어로 에리스(Eris)를 말한다. 신화에서 에리스는 펠레우스의 결혼식에 황금 사과를 던져 넣어, 이 사과를 두고 아테나와 헤라와 아프로디테, 세 여신이 경쟁했다. 황금 사과를 파리스가 아프로디테 여신에게 주었고 아프로디테 여신은 파리스에게 헬레네를 신부로 주었다.

비탄 그리스어 케도스(kēdos)를 옮긴 것인데, '결혼의 유대'라는 의미도 있다.

43   파멸의 사제   희생 제물을 바치는 도살자라는 뜻이다.

신부들 울리는   트로이아의 신부와 그리스의 신부 모두를 말한다. 넘포클라우토스(nymphoklautos)란 말에서 헬레네의 결혼 축가가 어떻게 통곡이 되었는지 떠올릴 수 있다.

45   681~782 제2스타시몬   아름다운 헬레네가 야기한 파멸을 노래한다. 헬레네란 이름엔 '죽음'이 도사리고 있다. 처음에 트로이아인들은 헬레네를 환대했으나 나중엔 그녀를 환대한 것을 후회했다. 코러스는 헬레네를 사자 새끼에 빗댄다. 처음 사자 새끼는 가족과 친구의 기쁨이었으나 그 새끼가 자라 파멸의 사제로 바뀌었다. 사자는 양 떼를 도살해 피로 물들이고 심지어 가족들도 공격한다. 많은 사람들이 믿기를, 부귀영화가 고통을 낳는다고 한다. 그러나 코러스는 다른 의견이다. 부귀영화가 아니라, 악행이 악행을 낳는다는 것이다. 죄를 짓지 않은 자는 벌을 받지 않지만, 오만과 불경에 젖은 인간은 신들의 미움을 받아 파멸할 수밖에 없디. 그러나 정의로운 인간들에겐 행복의 축복이 주어진다.

많은 이들이…… 그럴듯한 걸 더 좋아한답니다   장로들이 아가멤논 왕에게 경고하는데, 시민들이 겉으로는 왕을 환영하지만 속으로는 적대한다는 것이다. 이미 445~460행에서 코러스는 시민들이 아트레우스의 두 아들을 적대한다고 노래한 바 있다.

46   795   794행이 누락되어 있는데, 여기에 탈문이 있는 것으로 추정된다.

신들께선…… 투표석을 던져 넣으셨으니까   트로이아 전쟁이 재판에 비유되는데, 원고와 피고 양측이 진술하거나 답변하는 것이 아니라, 전쟁과 사망으로 재판이 진행되었다고 하겠다.

47   사교의 거울   교제는 거울로 비유된다. 한 사람의 사회적 행동은 그의 내면 본성과 감정을 잘 드러내기 때문이다.

48   마지못해 항해했으나   오뒷세우스는 트로이아 원정에 참여하지 않

으려고 미친 척했다. 하지만 팔라메데스가 오뒷세우스의 정신이 멀쩡하다는 것을 입증했다.

신들 화로와 가정의 신들을 말한다.

49 **게뤼온** 몸이 삼중으로 된 괴물인데, 그의 가축을 훔치는 것이 헤라클레스의 열 번째 과업이었다. 게뤼온을 죽일 때 헤라클레스는 제각각 세 번이나 죽여야 했다.

다른 이들이…… 강제로 수도 없이 벗겨 냈답니다 클뤼타이메스트라가 목을 매 자살하려는 순간에 구조되었다는 것이다.

50 **스트로피우스** 아가멤논의 처남이다. 그의 아들이 필라데스인데, 「제주를 바치는 여인들」에서 오레스테스의 친구로 등장한다.

배를 구하는 철사 밧줄이고 뱃머리에 잡아맨 밧줄인데, 돛을 올리고 내리는 데 사용된다.

51 **온갖 종류의 강요를 피하면 그건 즐거운 일이죠** 902행은 삭제해야 한다고 주장하는 학자들이 있다.

천 나중에 옷으로 변주된다(921, 964). 그것은 섬세한 직물이고 화려한 자수가 놓인 것인데, 사치스러운 옷을 지을 때 사용된다.

땅바닥에 엎드려 내게 소리 지르지도 말게 클뤼타이메스타라가 실제로 그렇게 했다는 뜻은 아니다.

52 **두려운 순간에도 그리하겠다고** 천을 밟는 것과 같은 행동을 하겠다는 뜻이다.

신들께 맹세하셨거늘 승전에 도움을 준 신에게 보답하려고 희생 제의나 봉헌 등으로 소중한 재산을 바친다고 맹세하는 경우가 많았다. 천을 밟는 일이 부적절하지 않다는 것을 부각시키며 아가멤논을 설득하고 있다. 그런데 이 구절은 과거에 아가멤논이 이피게네이아를 희생 제물로 바친 일을 떠올리게 한다.

만약 누가 그 일을 잘 알아서 내 의무로 선언했다면 칼카스와 같은 예언자가 천 위를 걷는 것과 같은 행동으로 신의 호의를 받을 수 있다고 말했다면.

53 **바다는 항상 새롭게 많은 자줏빛 염료를 분출하여 낳으니** 지중해의 연체동물에서 나온 분비물로 염색제를 만든다.

우리 집은 빈곤이 무엇인지 알지 못한답니다 자줏빛 천을 밟아 집안 재산을 낭비한다고 아가멤논이 염려했는데, 이에 대한 클뤼타이메스트라의 답변이다. 바다에는 자줏빛 염료가 마르지 않고, 그 염료가 비싸다 하더라도 그걸 구입할 재산이 부족하지 않다는 의미이다.

54 **뿌리가 남아 있으니 나뭇잎은 집으로 되돌아와서** 오랫동안 부재한 아가멤논이, 벼락을 맞아 가지들이 잘려 나간 거목에 비유된다. 하지만 아가멤논은 다시 옛 영광으로 자라나게 될 것이다.

개자리 시리우스별에 맞서며 시리우스별이 떠오르기 시작하는 7월 말과 8월은 연중 가장 더운 시기이다.

제우스 신이 신 포도로 포도주를 만드실 때 9월 중순 여름을 말한다.

제우스, 제우스…… 진심으로 그렇게 하시라고 당신께 비나이다 클뤼타이메스트라는 제우스가 아가멤논의 죽음을 바란다고 확신하고 있다.

55 **뤼라 반주도 없이** 뤼라 반주가 없다는 것은 슬픈 음악이라는 뜻이다. 뤼라 악기는 주로 경사가 났을 때 부르는 노래의 반주에 사용한다.

그러나 내 오장육부는…… 빙빙 돌고 있구나 정의가 실현된다는 이성적 확신은 감정과 소통하여 감정을 혼란스럽게 만든다.

56 **걱정되어…… 밧줄에 매달아 던져 버리면** 배에 너무 많은 화물이 실려 있으면 암초에 부딪히지만, 화물을 버리면 배가 다시 부양하게 된다. 이러한 은유로, 지나치게 부유한 집은 재산 일부를 포기함으로써 다시 구원된다고 말한다. 당분간 긴축하겠지만 풍성한 수확으로 다시 정상을 회복할 것이다.

망자 일으키는 비법…… 엄청난 해를 입고 말았다네 아폴론의 아들 아스클레피오스는 죽은 힙폴뤼토스를 되살렸다가 제우스의 벼락을 맞아 죽었다.

57 **975~1034 제3스타시몬** 코러스는 마음이 매우 혼란스럽다. 승전

한 아가멤논이 귀향했고 클뤼타이메스트라가 남편을 영접했지만 코러스는 어떤 끔찍한 사건을 예감하고 그러한 일이 일어나지 않기를 기도한다. 과도함의 관점에서 부와 건강을 비교한다. 건강이 지나치면 질병이 찾아오기 마련이다. 재산도 너무 많이 가진 사람은 걱정이 많다. 재산과 기근은 모두 치유 가능하다. 재산이 많으면 비우면 되고 기근이 닥치면 풍성한 수확으로 극복할 수 있기 때문이다. 그러나 피가 한번 쏟아지고 나면 다시는 회복할 길이 없다.

노예들이나 먹는 보리빵 굽지 않은 보리빵을 말한다.

한때 알크메네의 아들…… 손을 대며 참아 냈다고 하지 헤라클레스가 델피 사원에서 도둑질했거나 이피토스를 살해했기에 그 벌로 옴팔레 여왕을 위해 종살이했다.

1045 1045행 다음에 탈문이 있다고 추정한다.

58 **운명이 짠 그물에 잡혔으니** 캇산드라가 또 다른 치명적인 덫에 걸려 있음을 알 수 있다.

60 **록시아스** Loxias. 명사 Loxias는 형용사 록소스(loxos)에서 파생한 단어다. 형용사 loxos는 '기울어진, 가파른'이라는 뜻인데, '두 가지 뜻을 가지고 있는, 애매모호한'이란 뜻으로 전용된다. 명사 Loxias는 신탁을 내리는 신 아폴론의 다리를 뜻한다.

길가의 신 아폴론 아귀에우스(Apollon Agyieus)를 말한다. 캇산드라는 궁전 앞에 서 있는 '길가의 아폴론(Apollon Agyieus)' 석상을 주목한다. 그러한 석상은 원뿔 모양의 기둥 형태로 많은 아테나이 집들 앞에 있고, 비극과 희극 공연 때 무대 건물 앞에 서 있다.

나의 파괴자 그리스어 apollōn emos를 옮긴 것인데, apollōn은 동사 apollynai(파괴하다)의 분사 형태이다. 이 말이 아폴론의 이름과 발음과 유사하므로 언어유희에 해당한다.

61 **잇따라 손을 내밀어 뻗고 있구나** 캇산드라가 무엇을 보고 있는지 정확히 알기 어렵다. 하지만 클뤼타이메스트라가 아가멤논에게 던질 옷을 집으려는 순간으로 보인다.

62 **검은 뿔 달린** 암소가 황소를 공격하는 걸 의미하고, 옷이 아가멤논을 덮어 감싸서 어둡게 한다는 것이다.

당신은 캇산드라를 전리품으로 취해 데려온 아가멤논이라기보다는, 캇산드라의 운명이 어떻게 될지 잘 아는 아폴론 신이 더 잘 어울린다.

63 **무슨 적갈색 나이팅게일처럼…… 이튀스, 이튀스, 흐느껴 우는구나** 신화에서 테레우스는 아내 프로크네의 동생 필로멜라를 강간한 뒤 그녀의 혀를 잘라 진실을 말하지 못하게 했다. 하지만 프로크네가 그 사실을 알게 되자 남편에게 분노하여 그들의 유일한 자식인 이튀스를 살해한다. 이 같은 끔찍한 짓을 저지른 다음, 프로크네는 나이팅게일로 변신했다고 한다.

64 **이보다 더 큰 불행이 파도처럼 솟구치며 바닷가로 밀려올 거예요** 캇산드라의 두 번째 예언이 첫 번째 예언보다 장로들에게 더 큰 고통을 줄 것이다. 두 번째 예언은 장로들이 더 잘 이해할 수 있기 때문이다.

65 **무리** 그리스어 코모스(kōmos)를 옮긴 것이다. '코모스'는 방랑하며 술 마시고 흥청대는 집단을 말하는데, 잔치가 열리는 집에 들어가 술 접대를 요구한다.

가문의 친척 복수의 여신들은 가족 구성원이 다른 가족 구성원에게 살해되었을 때 소환되기 때문이다.

미망 아테(atē)를 옮긴 말이다.

침대 아트레우스의 결혼 침대를 말한다. 그 침대를 더럽힌 자가 바로 형제 튀에스테스다.

이 집 저 집 문 두드리는 탁발승이나 예언자들처럼 부잣집에 가서, 적은 보수를 받고 죄를 사해 준다거나, 적을 해할 수 있는 능력을 부릴 수 있다고 하며 부자를 설득한다.

66 **어느 집지킴이** 아이기스토스를 암시한다.

나의 멍에를, 노예의 멍에를 짊어져야 하니 삭제해야 된다고 판정한 부분이다.

1230 1230행을 1228행 앞으로 옮겨 놓았다.

67 **스퀼라** 원래는 인간이었으나 제 아버지를 죽인 후 괴물로 바뀌었다.

하데스의 광분하는 어미 클뤼타이메스타가 이피게네이아를 위한 복수자이고 아들 오레스테스를 적대하는 자로 묘사된다.

이런 말을 치유할 파이안은 곁에 없답니다 파이안 신은 아폴론을 말한다. 그녀의 말을 치유하지 못한다는 것은 그녀의 예언이 반드시 이루어지고 만다는 뜻이다.

68 **늑대의 신** 그리스어 뤼케이오스(Lykeios)를 옮긴 것이다. 아폴론의 별명인 '뤼케이오스'는 늑대(lykon)를 떠올리게 하는 단어다.

단장을 들고 목덜미 감싼 띠 단장과, 양모로 된 머리띠는 사제나 아폴론의 예언자를 상징하는 물건이다.

69 **신들께서 큰 맹세를 하셨으니** 1290행을 1283행과 1284행 사이로 옮겨 놓았다.

70 **어찌하여 신에게 이끌린…… 제단을 향해 대담하게 발걸음을 옮기는 것이냐** 어떤 사람이 이끌거나 재촉하지도 않고 제 발로 제단으로 걸어가는 희생 동물을 말한다.

1313~1315 1305행과 1306행 사이에 1313~1315행을 옮겨 놓았다.

이오(iō), 내 아버지……아들에게도 캇산드라는 그녀 아버지와 형제들의 죽음을 떠올리며 그들의 죽음이 용감한 자의 영광스러운 죽음이라고 생각한다.

한 여자 클뤼타이메스트라.

한 남자 아이기스토스.

72 **이제는 선대(先代)가…… 망자로 말미암아 또 다른 이가 죽음의 형벌을 받게 된다면** 코러스가 3대에 걸친 죽음을 이야기하는 것 같다. 하지만 캇산드라의 예언을 얼마나 이해했는지는 알 수 없다. 이피게네이아나 튀에스테스의 아들들의 죽음으로 아가멤논이 죽게 되고, 아가멤논의 죽음으로 또 다른 이들이 죽게 된다면, 정도로 옮길 수 있다.

74   **1395~1398**   1393행 앞에 1395~1398행을 옮겨 놓았다.

     이 피   클뤼타이메스트라의 옷에 묻어 있는 피를 말한다. 클뤼타이메스트라가 이 피를 손가락으로 지시하는 것으로 보인다.

78   **똑같은 기질을 가진**   클뤼타이메스트라와 헬레네 모두 성적 욕망으로 간통을 저지른 여자다.

     까마귀   까마귀가 매장되지 않은 시체를 먹어 치우는 새라고 상상했다.

     세 겹으로 살쪄 퉁퉁한   여기에서 삼중이란 말은 세 차례나 연속된 살인인데, 튀에스테스의 아이들의 식사, 아가멤논의 이피게네이아 도살, 클뤼타이메스트라의 아가멤논 살인을 말한다.

80   **이자도 음모로 집 안에 재앙을 낳지 않았던가**   서사시 『퀴프리아』에 따르면 아가멤논은 이피게네이아를 아울리스로 불렀는데, 그녀가 아킬레우스와 결혼한다는 구실을 댔다.

82   **플레이스테네스**   일찍 죽은 아트레우스의 아들이라고 하는데, 아가멤논과 메넬라오스가 이 플레이스테네스의 아들이란 설이 있다.

83   **머리 부분은 치워 놓고 나머지 부분은**   1594행과 1595행 사이 부분이 소실된 것으로 보인다.

85   **속임수는 분명 여자의 일이겠지**   여성은 속임수에 뛰어난 능력이 있다고 한다(이를테면 『오디세이아』 제11권 456행, 헤시오도스, 『일과 나날』 제67권 373~375행, 에우리피데스, 『메데이아』 421~422행).

     경주용 망아지   반환점을 돌 때 가속하거나 감속할 수 있는 망아지인데, 이 짐승에게 특식이 제공된다고 한다.

86   **자, 호위병 친구들, 자네들 일거리가 멀리 있지 않구먼**   이 행을 아이기스토스의 대사로 돌린 필사본도 있다.

91   **헤르메스**   죽은 영혼을 인도하는 신이다.

     이 나라에 도착했으니   3행과 4행 사이에 탈문이 있다. 이 부분은, "내 아버지의 복수를 위하여 오랜 망명으로부터. 아버님은 숨겨진 음모를 꾸민 한 여자에게 폭행을 당하여 불명예스럽게 죽으셨습니다"의 내용일 것이다.

이나코스 아르고스에 있는 강의 신을 말한다.

손을 내밀지도 못했습니다 9행 다음에 탈문이 있는데, 아버지의 혼령이 복수를 도와주길 기도하는 내용일 것이다.

93 **대지의 여신** 가이아(Gaia)를 말한다. 가이아는 지하 신들 가운데 가장 오래된 신성이다.

신의 미움 산 여인 클뤼타이메스트라.

94 **누가 누굴 두려워하는 게지** 애매한 표현이다. 권력을 찬탈한 통치자가 백성을 두려워하는 건지, 아니면 백성이 통치자를 두려워하는 건지 결정하기 어렵다.

어떤 이는 대낮에…… 어둠 속에 붙잡혀 있구나 때때로 늦어질 순 있지만 언젠가는 정의가 실현된다는 뜻이다. '빛과 어둠'은 삶과 죽음을 의미하는 듯하다. 요컨대 어떤 이는 곧바로 처벌을 받고, 어떤 이는 늦게 처벌을 받고, 그리고 어떤 이는 죽고 나서 처벌을 받는다.

95 **22~83 파로도스** 클뤼타이메스트라의 지시를 받고 아가멤논의 무덤가에 보내져 애도하게 되었다고 한다. 지난밤 악몽에 시달린 클뤼타이메스트라가 죽은 남편의 혼백을 달래려는 것이다. 그런데 무덤에 제주를 바친다고 죗값을 면할 수 있을까? 코러스가 노래하듯이, 살인의 죄는 씻어 낼 수 없으니 반드시 벌을 받기 마련이다.

93 99~100행 사이로 91~92행을 옮겼다.

96 **누가 정화 의식에서…… 뒤로 단지를 던져 버리며 가 버릴까** 도시 국가 아테나이의 관습을 말한다. 사람들은 향로 도기로 집을 정화하고 나서 뒤돌아보지 않고 그 도기를 던졌다고 한다.

97 165 124행 앞으로 165행을 옮겼다.

98 **파이안** paian. 안녕과 구원을 간구하거나 감사하는 노래다. 따라서 망자에게 파이안을 부른다는 것은 모순이다. 그런데 아가멤논의 상속자가 승리하고 그의 명예가 회복되기를 기원하기 때문에, 파이안은 엘렉트라에게 합당한 노래라고 하겠다.

100　**담즙의 물결이 치밀어 올라 내 심장을 공격하는구나**　고대 의학에 의하면, 담즙이 심장으로 흘러가면 마음이 어지럽고 흥분된다고 한다.

102　**깃털을 곤추세우며 흥분해 놓고선**　228~229행 사이에 탈문이 있는 것으로 보인다.

직물　오레스테스가 입은 옷이거나 그 옷의 일부를 말한다.

동물무늬　한 마리 사자가 그려져 있을 것이다.

103　**세 번째로**　숫자 3은 구원자 제우스 신을 떠올리게 한다.

독사　오레스테이아 3부작에서 클뤼타이메스트라는 뱀에 비유되는 경우가 많다. 그런데 독사는 사냥감을 칭칭 감아서 죽이지 않는다고 한다. 독사는 교미할 때 수컷의 목을 잡고 물어뜯을 때까지 놓아주지 않는다. 하지만 배 속의 새끼가 어미 뱀을 물어뜯어 어미의 몸을 비집고 나오는데, 이는 아버지를 위한 복수라 하겠다(헤로도토스, 『역사』 제3권 109). 이러한 정황은 아가멤논, 클뤼타이메스트라와 오레스테스에 해당한다. 클뤼타이메스트라가 꿈속에서 뱀을 낳았고 오레스테스는 그 뱀을 자신과 동일시하곤 한다(「제주를 바치는 여인들」 527~533, 542~550행).

104　**이 작자들이…… 불에 타 죽는 걸 내가 보게 되기를**　장례용 장작더미가 아니라 무시무시한 형벌을 말한다.

286　285행은 "또렷하게 바라보고 어둠 속에서 눈썹을 움직이면서"란 내용인데, 문맥에 어울리지 않아 삭제했다.

105　**황동 입힌 채찍으로…… 도시에서 추방한다고 합니다**　인간 희생양과 관련된 제의를 암시하는 듯하다. 정화 의식에서는 희생양을 매질한 뒤 도시에서 추방한다.

혼주 항아리의 몫을 나눌 수도 없고　주연에서 포도주를 함께 즐기지 못한다는 뜻이다.

그는 만물 파괴하는 죽음으로 비참하게 시들어 가며　오랜 감금 상태를 말하는 것 같다. 또한 시체가 매장되지 않은 상태를 암시한다.

사람들 중 가장 영광스러운 시민들　"그리고 도시를 해방하는 것도 내

의무입니다"와 같은 문장이 누락된 듯하다.

한 쌍의 여자 클뤼타이메스트라와 아이기스토스를 말한다.

107 **바닥에 메칠 수 없는 것 아닐까** 고대 그리스의 레슬링 경기에선 상대를 세 번 메쳐야 이긴다.

108 **북풍 너머 사는 이들** 휘페르보레오스인들을 말한다. 그들은 질병과 노령도 없고 노고와 전쟁도 없는 삶을 산다고 한다.

제우스 아마도 하계의 제우스인 하데스를 말하는 것 같다.

109 **내 심장의 뱃머리…… 분노의 바람이 매섭게 불어닥치니** 역풍의 이미지를 상상하고 있다. 아이기스토스와 클뤼타이메스트라의 죽음을 바라는 코러스의 심정을 잘 표현한다.

이전에 도살된 자로부터 튀에스테스의 아이들과 아가멤논을 말한다.

망자들의 저주여 복수의 여신들을 말한다.

110 **아리아인** 이란 사람.

킷시아 페르시아 제국의 수도 수사(Susa)가 위치한 지역을 말한다.

111 **그분 몸도 토막 났으니** 아가멤논의 손과 발 그리고 코와 귀를 잘라내고 한데 묶어 겨드랑이와 목 주위에 매달아 놓는다. 그렇게 하여 아가멤논의 혼령이 복수하지 못하게 했다.

112 **면포 마개** 고대 의학에서는 상처가 곪으면 소독된 면포 마개를 삽입하여 치료했다.

113 **306~478 아모이바이온-콤모스** 오레스테스와 엘렉트라와 코러스가 번갈아 가며 노래한다. 아가멤논의 죽음을 애도하고, 생전 아가멤논의 위대함, 그 죽음의 불의함, 살인자에게 겪은 모욕과 수치를 노래하면서 분노의 광기를 불러일으키며 복수의 결의를 다진다.

페르세팟사 아티카 지역에서 하계의 여왕인 페르세포네(Persephone)를 부르는 이름이다.

118 **하늘과 대지 사이 높이 불타오르는 횃불은** 혜성과 유성을 말하는 듯하다.

119 **알타이아** 멜레아그로스의 어머니다. 그녀의 아들이 태어난 지 한

주가 되지도 않아, 운명의 여신들로부터 화로에서 불타는 나무토막이 타 버리면 아들이 죽는다는 말을 들었다. 그래서 알타이아는 그 나무토막을 꺼내 상자 안에 잘 보관했다. 그런데 칼뤼돈의 멧돼지를 두고 싸우다가 멜레아그로스가 그녀의 오라버니를 죽였다는 소식을 듣게 되자 그 나무토막을 불에 던져 버렸다. 그것이 불타 버리자 멜레아그로스가 죽게 된다.

스퀼라 메가라의 왕 니소스의 딸이다. 크레타의 미노스가 그녀의 도시를 공격할 때 그녀는 미노스를 사랑하여 아버지를 배신했다. 그의 머리에서 자줏빛 머리 타래를 잘라 아버지가 죽게 했다.

하데스로 데려갔구나 니소스가 죽었디는 뜻이다.

혐오스러운 교미 클뤼타이메스트라와 아이기스토스의 동침을 말한다.

120 **렘노스의 악행** 렘노스 여자들은 휩시퓔레에게 설득되어 그들의 남편을 모두 살해했다. 나중에 아르고호 영웅들이 그곳에 도착했을 때 렘노스 여자들과 연인이 되었다고 한다.

121 **585~652 제스타시몬** 대지 위 무시무시한 많은 재앙을 코러스가 노래한다. 괴물들, 유성들, 폭풍들을 말이다. 하지만 사내의 대담한 자부심과 여자의 욕정보다 더 위험한 것은 없다. 이러한 여자의 사례를 신화에서 찾을 수 있다. 알타이아는 아들의 수명을 결정할 나무토막을 불태워 아들 멜레아그로스를 죽인다. 스퀼라는 미노스 왕의 선물을 받고 그 보답으로 아버지의 황금 머리털을 잘라 아버지가 죽게 한다. 렘노스의 여인들은 함께 모의해서 각자의 남편을 잔인하게 살해한다. 이들 여자 모두는 지은 죗값을 치렀다. 운명의 여신의 도움으로 정의의 여신이 승리하기 때문이다. 클뤼타이메스트라에게도 이러한 일이 일어날 것이다.

123 **그러나 친구를 위해······ 손님으로 대접받았으니까요** 704~706행은 이중적인 의미가 있다. 여기에서 '임무'라는 말은 오레스테스의 복수를 의미하기 때문이다. 그리고 "친구를 위해"는 오레스테스가 자신

의 가족과 죽은 아버지 아가멤논을 위한다는 뜻이다.

125 **킬릿사** 이 이름에 의하면 유모가 소아시아 남동 지역 킬리키아의 원주민임을 알 수 있다. 그녀는 고귀한 가문이 아니라 노예 집안 출신으로 보인다. 킬릿사는 비극에서 거의 유일하게 이름을 가진 노예다.

128 **우리와 한마음인 신들이시여** 아마도 제우스 크테시오스(Ktesios)와 화로와 가정의 신인 헤스티아(Hestia)를 말하는 것 같다. 아울러 집에 오랫동안 거주한 복수의 여신들도 생각나게 한다.

129 **마이아의 아드님…… 많은 감춰진 것들 뚜렷이 드러내시나** 헤르메스는 여행자를 인도하고 해석자를 돌보는 신이다. 그런데 지금 코러스는 헤르메스 신의 여러 속성들 가운데 속임수의 능력에 관심이 있다.

  꿰뚫어 볼 수 없는 말로 그러한 속임수의 말로 오레스테스는 클뤼타이메스트라에게 말해야 하고, 코러스는 아이기스토스에게 말해야 한다.

130 **지상의 친구** 코러스와 엘렉트라.

  사악한 고르고 클뤼타이메스트라는 페르세우스가 죽인 메두사에 비유되어 있다.

  783~837 제2스타시몬 코러스는 올림포스 제우스 신과 다른 신들을 부르며, 오레스테스가 아버지의 살인을 복수하여 아트레우스 가문을 정화하게 해 달라고 기도한다. 그리하여 가문의 저주가 끝날 것이다.

131 **앞 시합** 클뤼타이메스트라가 아가멤논을 살해한 것을 시합에 빗댄 것이다.

132 **하인이 정문에서 허겁지겁 달려 나온다** 여기에서 930행까지는 궁전 안뜰에서 일어나는 극 행동으로 보인다.

134 **날 낳은 여자가 날 비참 속에 내던졌다** 클뤼타이메스트라가 오레스테스를 포키스로 추방했다는 말이다.

수치스럽게 팔려 간 거야 노예처럼 팔려 갔다는 말이다.

그 대가 밝혀 너를 비난하려니 아이기스토스가 그 대가이다.

네 아비의 못난 욕정도 말해라 아가멤논은 크뤼세이스와 캇산드라를 사랑했다.

살아 무덤에 헛되이 애도의 노랠 부르는 것 같네 두 가지 의미가 있다. (1) 죽은 자를 설득하는 것처럼 쓸모없는 일이다. (2) 내가 살아 있는데도 나는 나 자신의 장송곡을 부르고 있다.

135 **이중의 아레스 신** 오레스테스와 퓔라데스를 말한다.

137 **그분이 정화 의식으로…… 화롯가에서 온갖 오염을 추방할 제** 오레스테스가 지금 정화 의식을 치르고 있다고 상상한다. 『오뒷세이아』 제22권 480~494행에서 오뒷세우스가 페넬로페의 구혼자들을 모두 죽이고 나서 집을 정화하는 것과 유사하다.

931~971 제3스타시몬 코러스는 아이기스토스와 클뤼타이메스트라의 죽음도 동정하지만 복수가 끝난 것에 환호한다. 오레스테스가 복수하여 정의의 여신이 승리를 거두었기 때문이다. 이는 최신의 결과이다. 아트레우스 가문에 휩싸인 저주의 먹구름이 마침내 걷히게 되리라. 악의 세력이 정의의 여신과 여신의 동무인 시간에게 패배하고 말았다.

138 **987** 986행은 삭제했다.

997~1004 990행과 991행 사이에 997~1004행을 옮겨서 삽입했다.

139 **그녀가 아이기스토스의 칼로** 아이기스토스가 아가멤논의 살해에 결정적인 역할을 하지 않았음을 알 수 있다.

140 **분노의** 클뤼타이메스트라의 혼령이 그녀의 살인자에게 품는 분노를 말하는데, 그 분노는 그녀의 분노에 찬 개들, 즉 복수의 여신들로 구체화된다.

어떤 궁수도 그 고통의 높이를 맞히지 못할 것이니 아이스퀼로스의 시대에 화살보다 더 높이 날아갈 수 있는 발명품은 없었다.

어머니 죽여 아버지 위해 복수했다는 1042행과 1043행 사이에는 탈문(lacuna)이 있었던 것으로 보인다.

145 **대지의 딸이며…… 누구에게 폭력을 행사하지 않고** 이전 신화에 따르면, 아폴론이 델피 신전을 차지할 때 폭력을 행사했다고 한다. 뱀을 죽이거나(『호메로스 아폴론 찬가』 300~374), 가이아나 테미스 여신을 위협하여(핀다로스, 단편 55, 에우리피데스, 『타우리스의 이피게네이아』 1234~1283) 델피의 통치권을 장악했다는 것이다.

포이베의 이름을 별칭으로 포이보스(Phoibos) 아폴론은 포이베의 외손자다. 그의 어머니 레토가 포이베의 딸이기 때문이다.

델로스의 연못 델로스 신전 북쪽 연못 옆에서 아폴론이 태어났다고 한다.

배들이 자주 찾는 팔라스의 해안 아티카 지방에 있는 항구를 말한다.

146 **헤파이스토스의 자식들** 아테나이인들을 말한다. 헤파이스토스의 아들 에릭토니우스가 아테나이의 첫 번째 왕이 되었다.

헤파이스토스의 자식들은…… 야생의 땅을 길들였던 것입니다 아테나이인들이 델피에서 열리는 축제에 사절단을 보냈는데, 사절단이 여행하며 길이 없는 곳에 길을 냈다고 한다.

왕좌 예언할 때 앉는 세발솥을 말한다. 여기에 퓌티아의 여사제가 앉아 아폴론의 이름으로 예언한다.

브로미오스 Bromios. '시끄러운 자'라는 뜻으로 디오뉘소스 신을 말한다. 디오뉘소스는 아폴론이 부재하는 겨울 동안 델피에 거주한다.

플레이스토스 강 델피 아래 협곡에 흐르는 강이다.

포세이돈 아폴론의 신전 안에는 포세이돈 신의 제단이 있었다. 포세이돈은 델포스의 아버지이므로 델피 백성의 선조인 셈이다.

148 **그들 옷차림을…… 입기 적당하지 않은 옷이죠** 복수의 여신들의 검은 복장은 사람들이 망자를 애도할 때 입는 것이다. 이런 복장으로는 신전에 입장하지 못하는데, 더욱이 아폴론의 신전은 말할 것도 없다.

149 **신상** 아테나이의 아크로폴리스에 있는 아테나 여신상은 올리브 나무로 만들어진 목상이다.

150 **클뤼타이메스트라의 혼령이 나타난다** 클뤼타이메스트라의 혼령이 어떻게 나타났는지 알 수 없다. 그 혼령이 무대 건물에서 나온 것으로 보이진 않는다. 아마도 오레스테스가 아테나이를 향해 출발한 옆길(파로도스(parodos))의 반대편 옆길에서 등장했음이 틀림없다.

151 **상계의 신들이…… 제물을 바치기도 했어요** 지하의 신들을 위한 희생 제의는 제단이 아니라, 땅에 깊이 파인 화로에서 이루어진다.

친구들 여기에서 친구들이란 제우스, 아폴론, 헤르메스를 말한다.

154 **복수자** 하데스 신을 말한다.

143~178 제1파로도스 복수의 여신들이 잠에서 깨어나 사냥감 오레스테스의 도망에 분노하며 울부짖는다. 아폴론 신이 오레스테스의 도망을 도와주는 불법을 저질렀다고 주장한다. 아울러 아폴론과 젊은 신들이 절대 권력을 휘두르며 오래된 신들의 법과 운명의 섭리를 무시한다고 한탄한다.

번쩍이고 날개 달린 뱀 화살의 은유로 케닝(kenning)이라고 한다. 화살이 새처럼 날아가서 뱀처럼 물기 때문이다.

아이의 씨를 파괴하여 거세한다는 말이다.

155 **척추 아래가 관통되어** 이러한 형벌은 페르시아에서 유래했다고 한다.

156 **퀴프리스** 아프로디테 여신.

남녀의 결혼이…… 맹세보다 더 강력한 것이오 아폴론에 의하면, 결혼이 더 신성하다. 클뤼타이메스트라와 아이기스토스가 이 결혼을 무시했는데, 두 사람이 아가멤논을 죽이고 함께 죽자고 맹세했기 때문이다. 재판에서도 아폴론은 맹세의 구속력이 절대적이 아니라고 강조한다.

어떤 종류의 일 모친 살해를 말한다.

157 **다른 이들의…… 사람들과 함께 여행하니** 오레스테스가 다른 사람들과 함께 여행했고 그들의 집에 피해를 주지 않고 머물렀다는 사실

은 오레스테스가 오염되지 않았다는 증거다.

159 **255~275 제2파로도스** 복수의 여신들의 코러스가 오레스테스의 흔적을 쫓으며 다시 등장한다. 아테나 여신상 앞에 있는 오레스테스를 발견하자, 그가 여신에게 탄원하더라도 그들의 분노를 피할 수 없다고 경고한다. 클뤼타이메스트라의 죽음을 결코 되돌릴 수 없으니 오레스테스는 자신의 피로 그녀가 흘린 피를 갚아야 한다. 하데스만이 그를 기다리고 있다.

오염이…… **정화 의식으로 새끼 돼지를 희생시켜 오염을 몰아냈소** 사제가 정화될 사람의 머리 위에 새끼 돼지를 붙잡고 있다가, 돼지의 멱을 따서 나온 피로 그 사람의 머리와 양손을 적신다.

160 **나 자신과…… 동맹군을 얻게 되실 겁니다** 기원전 462/461년에 이루어진 아테나이와 아르고스의 동맹을 암시한다.

트리톤 강 트리토게네이아(Tritogeneia)는 아테나 여신의 호메로스 식 별명이다. 아테나 여신이 뤼비아의 트리톤(Triton)이라 불리는 강의 제방에서 태어났음을 알 수 있다.

한데 여신께서…… 친구를 도우려고 아테나 여신이 아프리카 땅에서 전쟁을 수행했다는 신화는 전해지지 않는다. 관객은 그 당시 아르고스와 동맹을 맺은 사실을 확인하고 아테나이 군대가 이집트로 원정 갔던 일을 떠올릴 것이다.

플레그라 평원 칼키디케의 팔레네 반도에 있는 평원을 말한다. 여기에서 신들과 티탄들의 전쟁이 일어났는데, 아테나 여신이 중요한 역할을 했다고 한다.

161 **토끼** 오레스테스를 말한다.

꿰뚫어 버리는 칼로 몸을 찔러 관통하는 상황을 표현한 것이다.

162 **신들** 올륌포스 신들을 말한다.

163 **우리 노력으로…… 신들은 심문할 필요조차 없건만** 복수의 여신들은 자신들이 올륌포스 신들에게 호의를 베풀었다고 주장하고 있다. 인간의 죄를 처벌하는 불쾌한 의무에서 벗어나게 해 주었다는 것

이다. 그리고 가족 내 살인을 심판하는 의무도 마찬가지다.

164 **321~396 제1스타시몬**　코러스는 벌 받지 않은 살인자를 응징하는 것이 그들 자신의 영원한 책무라고 선언한다. 죄 없는 자는 해치지 않지만 오레스테스와 같은 이가 죄로 오염되어 있는 경우, 그의 악행이 충분히 벌을 받을 때까지 추격할 것이다. 그들의 어머니 밤의 여신을 부르며, 임무를 다하려 하나 아폴론이 방해한다는 사실을 증언한다. 그들의 임무는 태곳적에 주어진 것이고 그 임무를 수행할 때는 무자비하다. 모든 인간이 복수의 여신들을 두려워한다. 신들조차 그들을 방해할 수 없다. 운명의 여신이 그러한 역할을 위임했기 때문이다.

165 **테세우스의 아이들**　아테나이인들.
아이기스　아테나 여신의 아이기스(aegis)는 주위에 술 장식이나 뱀들이 달려 있는 의복의 일종으로 그려져 있다. 그래서 양어깨에 걸쳐 있거나 왼팔 위에 걸려 있는 것이다.

166 **강제에 굴복하지 않고**　즉 자기 자신의 충동이나 의지로.
맹세로 부정의가 승리해선 안 된다는 말이오　이 대사로 아테나 여신은 전통적인 법 절차인 맹세에 문제를 제기한다. 아테나이에서는 살인 사건 재판이 열리면 원고는 피고가 살인했음을 맹세로 증언해야 한다. 이에 피고는 살인하지 않았음을 맹세로 증언할 수 없는 경우가 대부분이다. 만약 한쪽이 맹세로 증언하지 않으면 그쪽이 재판에서 지게 된다. 그런데 오레스테스는 자신이 어머니를 살해하지 않았음을 맹세로 증언할 수 없다. 그렇게 하면 오레스테스는 자동적으로 유죄가 되어 처벌을 피할 수 없기 때문이다.
익시온　익시온은 장인을 살해한 뒤 정화를 위하여 제우스 신에게 탄원했다. 그를 정화하는 것이 허락되었지만, 그가 헤라 여신을 농락하려 했기에 신의 호의를 받을 만한 가치가 없는 자로 나타났다.

167 **당신께선……　더 이상 도시가 아니게 하셨습니다**　아테나 여신은 에페이오스에게 목마를 만들라는 영감을 주었기에 트로이아 파괴에 공

이 있다고 볼 수 있다.

168 **476** 475행은 482행과 483행 사이에 옮겼다.

171 **무거운 화물** 축적한 재산을 말한다. 여기 부자는 배의 선장에 비유된다.

172 **490~565 제2스타시몬** 범죄에 대한 너그러움이 위험하다고 코러스가 경고한다. 오레스테스가 무죄 방면되면, 모든 오래된 법들이 뒤집혀 버릴 것이다. 정의가 끝장나고 악행이 판칠 것이다. 처벌을 두려워하지 않고 사람들은 마음대로 범죄를 저지를 것이다. 그래서 사회 질서 유지를 위해선 처벌에 대한 두려움이 모든 법과 질서의 토대이다. 두려움으로 사람들은 범죄를 꺼리기 때문이다. 복수의 여신들은 죄가 없는 사람을 해치지 않지만, 모든 범죄자는 반드시 추격하여 처벌한다. 무정부의 방종을 추구해서도 폭정의 노예가 되어서도 안 되고, 자유와 법률이 균형을 이루는 중용을 선택해야 한다. 정의의 여신을 공경해야 한다. 휘브리스(hybris)는 휘브리스를 낳고 악한 자들은 언제나 파멸하기 마련이다.

앞으로 도래할 영원한 시간의 모든 시민들 기원전 458년의 아테나이 시민들을 말한다.

173 **이자를 위해 살인 오염을 정화한 자가 바로 나요** 또는 "내가 바로 이자가 뒤집어쓴 살인의 오염을 정화했소"라고 옮길 수 있다.

176 **하지만 자신은…… 어떻게 모순되지 않을까** 헤시오도스의 『일과 나날』에 의하면, 제우스가 감옥에서 크로노스와 티탄들을 풀어 주었다고 한다(173a-c).

씨족 집단 프라트리아(phratria)를 말하는데, 그것이 종교 조직을 형성하기도 했다. 아테나이에서 프라트리아의 구성원이라고 해서 시민권을 얻을 수 있는 것은 아니었다.

177 **어머니는…… 태아를 보살피는 자에 불과하다** 어머니가 제 자식의 생산자가 아니라 양육자에 불과하다는 생각이다. 그런데 아리스토텔레스에 의하면, "씨는 남성으로부터 유래하는 반면, 여성은 그 씨가

성장할 수 있는 장소를 제공한다"고 한다(『동물의 생성에 대하여』 763b 31~33).

178 **이곳은 여전사…… 테세우스를 시기하여** 아마존 여전사의 침공을 물리친 일은 아테나이 신화에서 가장 영광스러운 사건이다. 테세우스가 과거 원정에서 아마존의 공주를 납치했기 때문에 아마존 여전사들이 침공했다고 한다. 하지만 다른 신화 판본에 따르면, 아마존 여전사가 정당한 이유 없이 침공했다고 전한다.

아크로폴리스에 맞서…… 이름으로 불리게 된 것이오 아레오파고스(Areophagos)의 연원은 아이스퀼로스의 창안으로 보인다.

이곳 위에서…… 부정한 짓을 저지르지 못하게 하리라 시민들이 아레오파고스 위원회에 대한 경외로 부정한 짓을 하지 않고, 마찬가지로 아레오파고스 위원회도 시민들에 대한 경외로 부정한 짓을 하지 말아야 한다는 것이다.

179 **펠롭스의 땅** 펠로폰네소스 반도를 말하는데, 특히 가장 강력한 국가인 스파르타를 지시하는 경우가 많다.

180 **페레스의 집에서도** 페레스의 아들 아드메토스를 죽음에서 구한 것을 말한다. 하지만 그를 대신해서 다른 사람이 죽어야 한다는 조건이 있었다. 그래서 아내 알케스티스가 그를 대신해서 죽었다.

186 **에렉테우스의 집 근처에** 아테나 폴리아스(Athena Polias)의 사원을 말하는데, 그곳에 영웅 에렉테우스가 모셔져 있다.

여기 내 장소에…… 젊은 내장들을 해치지 마시오 867행까지는 도시국가의 내전을 비판하고 있는데, 이 부분은 아이스퀼로스가 이미 원고를 완성하고 나서 삽입한 부분인 듯하다.

188 **인간의 종자들도 잘 보존해 주시오** 여자들이 안전하게 출산하도록 해 달라는 부탁이다.

식물의 목자 목자가 양들을 잘 보살피는 것처럼 식물들을 돌보겠다는 말이다. 아티카 지방은 포도, 올리브, 무화과 재배로 유명하다.

정의로운 자들 아레오파고스 위원회의 구성원들을 지시하는 것으로 보인다.

190 **뜻밖의 선물** 아마도 라우리움(Laurium)의 은 광산을 말하는 듯하다.

191 **집회의 신 제우스** Zeus Agoraios. 아테나이에서 집회의 신 제우스의 제단은 아고라(Agora)는 물론, 시민들의 집회가 열리는 프뉙스(Pnyx)에도 있었다고 한다.

192 **적절한 때 분별 있으니** 또는 "포만할 때 절제 있으니"라고 옮길 수 있다.

폴리아스 polias. '도시를 수호하는'이라는 뜻이다.

193 **크라나우스** 아테나이의 전설적인 왕이다.

두 눈 아크로폴리스(Akropolis)를 말한다. 자비로운 여신들, 즉 존엄한 여신들(semnai Theai)의 실제 성지는 동굴인데, 그곳은 아크로폴리스와 마주 보는 아레오파고스 아래에 위치한다. 그런데 아이스퀼로스는 자비로운 여신들의 제의를 아테나 폴리아스의 제의와 연결하려고 잠시 정확한 장소를 무시하는 것 같다.

194 **자줏빛 예복을 차려입고** 1028행과 1029행 사이에는 2행의 탈문이 있는 것 같다. 이 2행은 아테나 여신이 복수의 여신들을 '자비로운 여신들(Eumenides)'이라고 명명하는 내용일 것이다.

이 땅의 백성들이여 아마도 아레오파고스 위원회의 위원들에게 말하는 것 같다. 그들은 남성 시민 전체를 대표한다.

여기 모든 시민들이여 아마도 관객에게 말을 건네는 것 같다.

195 **1032~1047 엑소도스** 아테나이의 여자들과 소녀들이 횃불을 들고 모여서 자비로운 여신들을 환영한다. 그들은 함께 열을 지어 자비로운 여신들을 안내한다. 이 행렬은 판아테나이아 축제 행렬로 보인다. 그들이 행진할 때 모든 참석자들이 합류하고 찬가를 부른다.

그리스 비극의 구성 요소

『시학』 제12장에서 아리스토텔레스가 양적인 관점에서 정의한 비극의 구성 요소는 다음과 같다.

프롤로고스(prologos)

등장인물이 이암보스(iambos, 短長格) 3보격으로 대사를 말하면서 극이 시작하는데, 프롤로고스는 여기서부터 코러스가 오케스트라에 등장하기 전 부분까지를 말한다. 등장인물은 대사를 통해 극이 전제하는 신화의 전사(前事)를 이야기하고, 다른 등장인물들을 소개하여 성격을 묘사하며, 극 행동의 시간과 장소를 알려 준다.

파로도스(parodos)

코러스가 오케스트라로 입장하면서 아나파이스토스(anapaistos, 短短長格) 운율로 노래하는 부분이다. 파로도스도 극이 전제하는 신화의 전사를 이야기하는 경우가 많다.

에페이소디온(epeisodion)

두 개의 코러스 노래 사이에 끼어들어 간 부분으로, 연극의 막(act)에 해당한다. 따라서 짤막한 토막 이야기인 에피소드(episode)나 삽화(揷話)와 같은 용어와 혼동하지 말아야 한다. 에페이소디온은 등장인물의 입장이나 퇴장으로 등장인물들 사이의 관계 설정(figure configuration)이 바뀌는 것을 기준으로 여러 부분으로 나누어지는데, 이 부분들이 장면(scene)에 해당한다.

스타시몬(stasimon)

파로도스를 제외한 모든 코러스의 노래를 지칭하는 용어로, 코러스가 오케스트라에 자리를 잡고 춤을 추면서 서정시 운율로 부르는 노래를 말한다.

엑소도스(exodos)

좁은 의미로는 코러스가 오케스트라에서 퇴장하면서 부르는 노래다. 그런데 아리스토텔레스의 『시학』에 따르면 코러스의 노래가 더 이상 뒤따르지 않는, 극의 마지막 부분을 통칭해 부르는 용어이기도 하다.

아모이바이온-콤모스(amoibaion-kommos)

코러스와 배우 또는 배우들끼리 대사를 교환하는 부분으로, 두 등장인물 모두 또는 적어도 한 등장인물이 서정시 운율로 노래한다. 콤모스(kommos)라고 줄여 부르기도 하는데, 이 용어는 어원에 따르면, 제의적 성격이 강한 비탄과 통곡의 노래를 말한다.

대부분의 비극 작품은 위와 같은 형식 요소들이 다음과 같은 순서로 구성되어 있다.

프롤로고스 → 파로도스 → 제1에페이소디온 → 제1스타시몬 → 제2에페이소디온 → 제2스타시몬…… → 제5에페이소디온 → 제5스타시몬 → 엑소도스

또 다른 구성 요소로는 아곤(agōn)을 꼽을 수 있다. 아곤은 '경연'이나 '투

쟁'을 뜻하는데, 비극이나 희극에서는 두 등장인물이 논쟁에 참여한 부분을 말한다. 갑의 연설(rhēsis)-코러스의 대사-을의 연설(rhēsis)-코러스의 대사-갑과 을 사이의 스티코뮈티아(stichomythia)로 구성되는 것이 아곤의 기본 형식이다.

레시스(rhēsis)

배우의 연설로 긴 대사를 말한다. 레시스는 '말한 것'을 뜻하는 레마(rhēma)와는 다르게 '말하는 행위'를 강조한다. 비극에서 레시스의 극적 기능은 세 가지로 나뉜다. 사자(使者)가 무대 바깥에서 일어난 사건을 보고하는 형식으로 정보를 제공하거나, 다른 등장인물을 설득하거나 명령하거나, 독백하면서 주로 자신이 처한 불행한 상황을 숙고하는 경우다.

스티코뮈티아(stichomythia)

비극이나 희극의 대사 부분으로 두 명의 대화자 또는 드물게 세 명의 대화자가 규칙적으로 서로 번갈아 가면서 한 행 혹은 두 행의 대사로 대화하는 부분을 말한다.

아가멤논

(아르고스의 아가멤논 궁전)

제주를 바치는 여인들

(아가멤논의 궁전)

653~782 제2에페이소디온: 계략

     (i) **653~667**   오레스테스-하인

     (ii) **668~718**   클뤼타이메스트라-오레스테스

     (iii) **719~782**   유모-코러스

783~837 제2스타시몬

838~934 제3에페이소디온: 복수

     (i) **838~854**   코러스-아이기스토스

     (ii) **855~874**   코러스

                   (아이기스토스의 비명 소리 869)

     (iii) **875~884**   하인

     (iv) **885~891**   클뤼타이메스트라-하인

     (v) **892~930**   오레스테스-클뤼타이메스트라

     (vi) **931~934**   코러스

935~972 제3스타시몬

973~1076 제4에페이소디온-엑소도스: 복수 정당화와 추방

         오레스테스-코러스

자비로운 여신들

(델포이의 아폴론 신전)

1~142 프롤로고스: 탄원 1과 명령

     (i) **1~63**   여사제

     (ii) **64~93**   아폴론-오레스테스

신화에서 비극으로

김기영(서울대 강사)

1. 아이스퀼로스의 생애

아이스퀼로스는 기원전 525/524년 아티카의 데모스(demos) 엘레우시스에서 에우포리온의 아들로 태어났다. 성장기에는 아테나이에서 참주 정치가 민주 정치로 바뀌는 정치적인 급변을 경험했다. 기원전 510년 참주 힙피아스가 추방되고 나서 클레이스테네스는 행정 구역 개편과 도편 추방법 도입 등 여러 개혁을 통해 민주주의의 초석을 닦았다. 이 개혁은 모든 시민들이 동일한 정치적인 권력을 가진다는 이소노미아(isonomia) 정신을 구현했다. 아이스퀼로스가 경험한 또 다른 역사적 사건으로는 페르시아 전쟁을 들 수 있다. 아테나이와 연합 도시 국가들이 페르시아 제국과 대결하여 자유를 위한 투쟁에서 승리한 것이다. 아이스퀼로스는 기원전 490년 마라톤 전투에, 그리고 기원전 480년 살라미스 해전에 참전했다고 한다.

비극 시인이자 정치사상가로서 아이스퀼로스는 서정 시인 핀다로스, 비극 시인 코이릴로스와 소포클레스 등과 교류했다. 시칠리아에 건립된 식민 도시로 외유를 떠나 그곳 엘리트들과 교류하기도 했다. 쉬라쿠사에는 히에론 1세의 초대를 받아 두 번이나 여행했다. 기원전 476/475년의 첫 번째 방문 때는 「아이트네의 여인들」을 무대에 올려 도시 국가 아이트네의 창건을 경축했다. 두 번째 방문 때는 기원전 472년 공연한 「페르시아인들」을 다시 무대에 올렸다. 기원전 458년에 오레스테이아 3부작을 공연하고 나서 다시 시칠리아를 방문했다가, 기원전 456/455년 겔라(Gela)에서 사망했다. 그곳에 세워진 묘비명을 읽어 보면, 놀랍게도 아이스퀼로스가 위대한 비극 시인이라는 사실은 빠져 있고 마라톤 전투에서 싸웠다는 사실만 적혀 있다.

　아이스퀼로스는 기원전 499/498년에 비극 작가로 정식 데뷔했다. 데뷔하고 나서 15년 만인 기원전 484년 비극 경연 대회에서 처음으로 우승했는데, 이는 소포클레스가 20대에 우승한 것과 비교하면 늦은 나이에 첫 우승을 거머쥔 셈이다. 한 전거에 의하면, 대(大)디오뉘시아 제전의 비극 경연에 19번 참여하여 13번 우승했다고 한다. 아이스퀼로스가 사망한 후에 도시 국가의 결의로 그의 비극이 살아 있는 작가의 비극들과 경연되기도 했다.

　아이스퀼로스는 70~90편에 달하는 작품들을 창작한 것으로 보인다. 그런데 78편 정도가 그의 작품에 속한다는 가설이 가장 설득력 있다. 오늘날 우리에게 전해지는 작품은 모두 7편으로 오레스테이아 3부작을 제외하면 「페르시아인들」(BC 472), 「탄원하는 여자들」, 「테바이를 공격한 일곱 장수」(BC 467), 「결박된 프로메테우스」가 전해진다. 그런데 「결박된 프로메테우스」는 아이스퀼로스의 작품이 아니라는 가설이 설득력을 얻고 있다.

기원전 5세기 전반에 활동한 아이스퀼로스는 세 작품이 내용적으로 긴밀한 3부작 형식으로 비극을 창작했다. 이 3부작 형식으로 우주적 힘을 상징하는 신들의 갈등과 투쟁, 가문의 저주와 실현, 국가의 위기와 왕가의 멸망, 문명 제도의 설립 등과 같은 거대한 주제를 다루었다. 오레스테이아 3부작은 오늘날까지 전해지는 유일한 3부작으로 3부작의 대표적인 본보기라 하겠다. 「테바이를 공격한 일곱 장수」와 「탄원하는 여자들」도 각각 테바이 3부작과 다나오스 딸들의 3부작에 속하지만 이 3부작에 속한 다른 작품들은 전해지지 않는다.

2. 아이스퀼로스의 오레스테이아 3부작: 신화에서 비극으로[1]

그리스 비극은 전통 신화를 소재로 일정한 형식에 맞춰 극화하여 연극 축제 때 무대에 올린 공연 예술이다. 여기에서 전통 신화란 비극 장르가 생겨난 기원전 6세기 말 이전에 서사시나 서정시 등의 장르에서 서사된 신화를 말한다. 호메로스의 『일리아스』와 『오

---

[1] 이 글은 김기영, 「신화에서 비극으로: 비극 플롯의 형성 — 아이스퀼로스 오레스테이아 3부작을 중심으로」, 『인문언어』 제10집(2008), 343~366쪽을 수정하며 다시 정리한 것이다. 오레스테이아 3부작에 대한 자세한 해설은 김기영, 『신화에서 비극으로: 아이스퀼로스의 오레스테이아 3부작』(문학동네, 2014)에서 읽을 수 있다.

펠롭스-아트레우스-아가멤논 계보

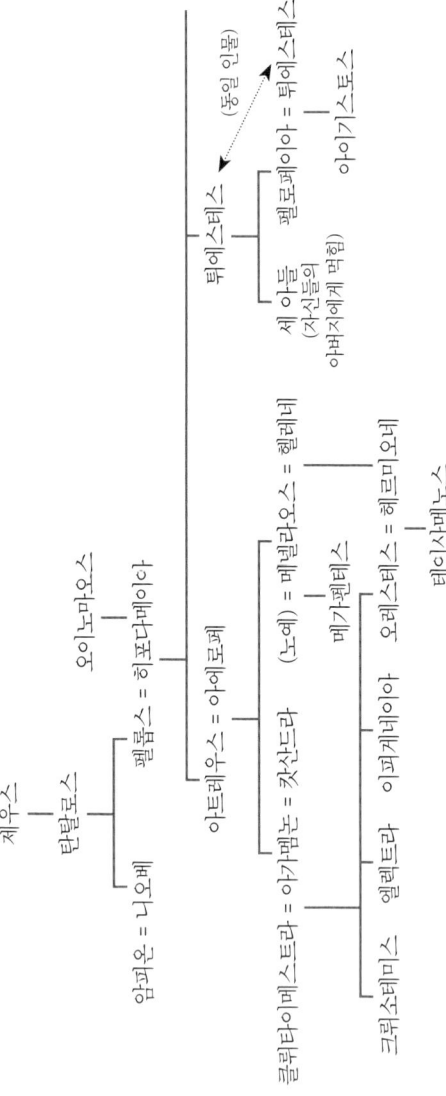

뒷세이아』 그리고 서사시권 다른 서사시들이[2] 바로 비극 시인들이 작품 소재를 발굴했던 주요 저장소였다. 특히 호메로스의 서사시는 비극 장르에 많은 영향을 미쳐 호메로스는 비극의 아버지라고 불릴 정도이다(『시학』 1459b). 『일리아스』는 트로이아 전쟁 전체를 다루지 않고 원정 10년째 발생한 사건인 아킬레우스의 분노로 시작해서 그 분노가 해소되기까지의 이야기를 압축하여 극적인 사건을 구성하고 아킬레우스와 헥토르 같은 영웅을 형상화하여 영웅적 세계관을 찬미하고 비판한 고전이다. 극적인 사건의 구성과 인물의 형상화 측면에서 비극 시인은 호메로스에게서 많은 것을 배웠음이 틀림없다. 그런데 비극 시인은 호메로스의 서사시에서 이야기를 차용하는 경우보다는 비교적 완성도가 떨어지는 서사시권 서사시에서 이야기를 차용해 극화하는 경우가 많았다.[3]

비극 시인은 전통 신화 소재를 재활용했지만, 소재로 삼은 신화의 중핵을 파괴하지는 않았다.

전통적으로 내려오는 이야기들을 해체해서는 안 된다. 예를 들면 클뤼타임네스트라가 오레스테스에 의해 죽는다든지 혹은 에리퓔레가 알크메온에 의해 죽는다든지 하는 것을 말한다. 하

---

2 서사시권은 세계의 창조에서부터 영웅 오뒷세우스의 죽음까지 이르는 이야기들을 담고 있다. 대표적으로 테베권과 트로이아권이 있다. 테베권에는 『오이디포데이아(*Oedipodeia*)』, 『테바이스(*Thebais*)』, 『에피고노이(*Epigonoi*)』, 『알크메오니스(*Alkmeonis*)』가 속한다. 트로이아권에는 『퀴프리아(*Kypria*)』, 『일리아스(*Ilias*)』, 『아이티오피스(*Aetiopis*)』, 『작은 일리아스(*Mikra Ilias*)』, 『일리우 페르시스(*Iliou Persis*)』, 『오뒷세이아(*Odysseia*)』, 『귀향들(*Nostoi*)』, 『텔레고니아(*Telegonia*)』가 속한다.

3 David Wiles, *Greek Theatre Performance: An Introduction*, Cambridge, 2000, pp. 15~16.

지만 시인은 독창적일 뿐만 아니라 전해 내려오는 이야기도 잘 사용해야만 한다. (천병희 옮김, 『시학』 1453b 22~25)

비극 시인은 신화를 소재로 극화할 때 전통이 허락하는 범위 안에서 신화를 재활용해 극화했던 것이다. 이처럼 신화 수용과 변용 과정에서는 전통과 개혁의 긴장을 볼 수 있다.

그런데 비극 시인이 전통 신화를 소재로 극화한 신화는 전통 신화와 어떻게 다른 것일까?

우선 중요한 차이점은 재현 방식에 있다. 서사시와 서정시 장르는 낭송이나 노래로 청중에게 전달되었지만, 비극에서는 배우들이 전통 신화의 신이나 영웅의 행위를 모방했다. 이는 신화가 서사의 과거에서 공연의 현재로 자리를 옮긴 것이라 하겠다.[4] 그 결과, 신화 속 신과 영웅은 인간화 과정을 거쳤고 신들은 비극 무대에서 점차 사라지게 되었다. 이제 비극 무대는 인간들 사이에서 벌어지는 갈등의 무대가 되었다. 하지만 작품의 처음과 마지막에 신이 등장하는 경우에, 신은 기중기를 타고 무대 건물 지붕이나 무대 위 공중에 나타난다. 이처럼 신과 인간은 출현 공간에서도 엄격히 분리되었다.

비극의 신화가 전통 신화와 또 다른 점 하나는 비극 시인이 전통 신화를 소재로 극화할 때 역사적 현재를 반영한다는 것이다. 비극이 융성한 기원전 5세기에는 여러 중요한 역사적 사건, 이를

---

4 Fritz Graf, *Griechische Mythologie: Eine Einführung*, Düsseldorf, 1999, p. 149.

테면 민주주의의 발전, 페르시아 전쟁(BC 490~480), 펠로폰네소스 전쟁(BC 431~404), 소피스트 운동 등이 있었고, 이러한 역사적 사건에 대한 경험과 반성이 전통 신화가 비극으로 변용될 때 중요한 역할을 했다. 이를테면 오이디푸스는 신화적 배경에 따르면 영웅시대에 속하는 인물이지만, 소포클레스의 비극에서는 민주적 가치관을 가지고 진실을 끝까지 탐구하여 시대정신을 구현한 영웅으로 재창조되었다.[5]

이 글은 서사시 장르는 물론 비극 장르에서도 반복되고 변주되는 이야기 유형(story pattern)을 기준으로 삼아, 비극에서 어떻게 전통 신화를 변형시켜 비극 플롯을 형성하는지 아이스퀼로스의 오레스테이아 3부작 「아가멤논」, 「제주를 바치는 여인들」, 「자비로운 여신들」을 중심으로 살펴보고자 한다. 이를 통해 비극의 신화가 전통 신화와는 다르게 어떤 점을 부각시키는지 알 수 있다. 여기에서 이야기 유형이란 스토리텔링으로, 내적 논리에 따라 구성되어 많은 변형을 낳는 서사 형태를 말한다.[6]

---

5 김기영, 「오이디푸스 신화의 수용과 변형」, 『드라마 연구』 제26호(2007), 179~183쪽.

6 Peter Burian, "Myth into muthos: the shaping of tragic plot", *The Cambridge Companion to Greek Tragedy*, ed. P. E. Easterling. Cambridge, 1997, p. 186. 비극 장르에서 자주 반복되고 변주되는 이야기 유형은 복수, 희생, 탄원, 구원, 귀환-발견이다(pp. 187~189).

3. 오레스테이아 3부작의 비극 플롯 형성

기원전 458년에 공연된 아이스퀼로스의 오레스테이아 3부작 「아가멤논」, 「제주를 바치는 여인들」, 「자비로운 여신들」의 경개를 이야기 유형을 기준으로 요약해 보자.

「아가멤논」: 트로이아 원정을 떠나기 위해 이피게네이아를 **희생**시켰던 아가멤논은 트로이아를 정복하고 나서 **귀향**한다. 딸의 희생에 분노한 클뤼타이메스트라는 **계략**을 꾸며 아가멤논을 **희생**시켜 **복수**한다.

「제주를 바치는 여인들」: 오레스테스가 **귀향**하여 누나 엘렉트라를 **발견**한 후, **계략**을 세워 아이기스토스와 클뤼타이메스트라를 살해해 **복수**한다. 어머니를 죽인 오레스테스는 복수의 여신들의 추격을 받아 **추방**된다.

「자비로운 여신들」: 오레스테스는 델피에 가서 아폴론 신에게 구원을 **탄원**한다. 아폴론 신의 명령대로 도시 국가 아테나이로 가서 아테나 여신에게 **탄원**한다. 오레스테스는 재판에서 무죄 판결을 받아 **구원**된다. 복수의 여신들은 재판 결과에 분노하지만, 아테나 여신의 말에 설득되어 자비로운 여신들로 **변모**한다.

이처럼 3부작의 「아가멤논」과 「제주를 바치는 여인들」은 귀향, 계략, 복수의 유형이 기본 플롯을 구성한다. 「자비로운 여신들」에서는 탄원의 유형과 결합한 구원의 유형으로 전개되어 3부작이 마무리된다. 우선 『오뒷세이아』와 다른 서사시에 나타난 아가멤논 신화의 이야기가 3부작의 첫 번째와 두 번째 작품에서 어떻게 변형되어 비극적 플롯으로 극화되는지 이야기 유형을 중심으로 살펴보자. 「자비로운 여신들」도 같은 방법으로 살펴볼 것이다.

「아가멤논」과 「제주를 바치는 여인들」

「아가멤논」과 「제주를 바치는 여인들」은 모두 '귀향'의 유형으로 시작된다. 「아가멤논」의 프롤로고스(1~39)에서는 봉화 불빛이 빛나며 트로이아로부터 승전 소식이 전해지자 아가멤논 왕의 귀향을 기대하게 된다. 「제주를 바치는 여인들」에서는 오레스테스가 고향 아르고스에 도착하면서 극이 시작된다.

'귀향'은 호메로스의 서사시에서 등장하는 유형이고, 서사시 『귀향들』에서는 핵심 유형에 해당한다. 귀향의 양상은 다양하게 나타난다. 우선 귀향의 부재를 들 수 있다. 『일리아스』에서 아킬레우스는 고향에 돌아가지 못하고 트로이아에서 죽을 운명이다. 그가 고향에 돌아가 오래 장수하며 사는 것보다 불멸의 명성을 선택했기 때문이다(18권 98~126). 한편 실패한 귀향도 있다. 『오뒷세이아』에서 아가멤논은 고향에 도착하지만 아이기스토스의 손에 살해되고 만다(3권 232~325; 4권 91~92, 512~537; 11권 405~534; 24권 20~21, 96~97). 이 실패한 귀향은 오뒷세우스의 성공한 귀향과 극명한 대조를 이룬다.

「아가멤논」에서도 아가멤논은 고향에 도착해 살해되지만, 그가 살해된 곳은 다른 장소다. 『오뒷세이아』에서 아르고스에 도착한 아가멤논은 아이기스토스의 초대를 받고 식사를 마친 후 그의 집에 매복해 있던 군사들에게 살해된다(4권 512~537). 그런데 「아가멤논」에서 아가멤논은 자기 집에 도착해 클뤼타이메스트라에게 살해된다. 이처럼 아이스퀼로스는 아가멤논 왕이 살해되는 장소를 바꾸어, 친족의 권력 투쟁보다는 가정 내 남편과 아내의 갈등 구도를 강조하려 했다.

게다가 「아가멤논」에서 아가멤논의 귀향은 정복자의 귀향으로 부각되지만 정복자의 운명은 정복된 자의 운명과 다르지 않게 나타난다. 코러스에게 승전 소식을 알리는 연설에서 클뤼타이메스트라는 정복한 자들이 불경한 짓으로 인해 다시 정복될지도 모른다는 두려움을 표현한다(338~340). 두 번째 에페이소디온(489~680)에서 등장한 전령은 승전 소식을 전하면서 기뻐하지만, 원정군의 귀향이 대부분 신들의 분노로 생겨난(649) 폭풍으로 좌절되었음을 전한다. 이러한 반전 분위기는 아가멤논의 죽음을 암시하며 긴장감을 고조시키는 기능을 한다.

두 비극 모두에서 귀향은 '계략'의 유형으로 이어진다. 「아가멤논」에서 클뤼타이메스트라는 복수를 위해 계략을 사용하고, 「제주를 바치는 여인들」에서 오레스테스도 복수를 위해 계략을 사용한다. 그런데 「제주를 바치는 여인들」에서 상황이 반전된다. 계략을 사용하여 복수했던 클뤼타이메스트라가 오레스테스의 계략에 속아 복수당하기 때문이다.

『오뒷세이아』에서도 아가멤논은 아이기스토스와 클뤼타이메스트라의 "계략으로"(3권 235)나 "잔혹한 아내의 계략으로"(4권 92)

살해된다. 그 계략은 아이기스토스가 파수꾼을 고용해 아가멤논의 도착을 보고하게 하고, 군사 20명을 매복시킨 뒤 도착한 아가멤논을 자신의 집 잔치에 초대해 죽이는 것이다(4권 512~537, cf. 11권 405~434). 한편 「아가멤논」에서 계략은 클뤼타이메스트라가 로고스를 구사하여 도모한 것이다. 그녀는 작품 전반에 걸쳐 사내처럼 계획을 세우고(11) 로고스를 사용하여 설득할 수 있는 능력을 가진 인물로 그려진다. 이를테면 코러스가 봉홧불에 의한 승전 소식을 불신하자, 그녀는 구체적인 증거(315)를 제시하여 의심 많은 코러스를 설득한다. 게다가 그녀의 계략은 자줏빛 천 장면(810~974)에서 더욱 두드러진다. 그녀는 궁전 대문 앞에 자줏빛 천을 깔아 놓고 아가멤논이 그것을 밟고 들어가도록 설득한다. 처음에 아가멤논은 천을 밟고 집 안으로 들어가는 것을 거절하지만, 결국 그녀의 로고스에 의해 설득되어 파멸의 길을 걷는다(931~945). 이 장면에서 보이는 자줏빛 천은 정교하게 짜인 직물로서, 상대방을 설득할 수 있는, 클뤼타이메스트라의 잘 구성된 설득의 로고스를 의미한다. 또 이 천은 아가멤논 왕이 걸려들어 죽게 될 계략의 "그물"(1382)이고 과거에 이피게네이아를 도살할 때 감쌌던 "옷자락"(232)과 같은 것이다.[7] 이렇듯 클뤼타이메스트라는 마치 연출가처럼 이피게네이아의 희생 장면을 재현하여 그 희생에 대한 복수를 정당화한다.

「제주를 바치는 여인들」에서도 계략은 복수의 유형으로 이어지

---

7 Oliver Taplin, *Greek Tragedy In Action*, London, 1985, p. 81.

지만, 「아가멤논」과는 다르게 그 사이에 '발견'의 유형이 삽입되어 있다. 오레스테스는 아르고스에 도착해 아버지의 무덤가에서 엘렉트라를 발견한다. 비극에서 발견은 사건 전개상 상황의 변화나 반전을 동반하는 경우가 많다. 아이스퀼로스는 남매가 서로를 알아보는 장면을 상세하게 극화한다. 아버지의 무덤 근처에서 엘렉트라는 머리카락을 찾아내 그것이 자신의 것과 서로 비슷하다고 생각한다(174, 185~187). 또 그녀는 무덤가에 찍힌 발자국을 살펴본 후 그것이 자신의 것과 크기가 같다고 확신한다(205~206). 마침내 오레스테스가 옷 조각을 보여 주자, 엘렉트라는 오레스테스를 발견한다(231~232).

한편 『오뒷세이아』에서 엘렉트라는 오레스테스의 복수와 관련해 어떤 역할을 수행하는지 아무 정보도 없다. 헤시오도스의 『여인들의 목록』 단편 23, 13~16에서 엘렉트라의 이름을 읽을 수 있다. 아가멤논이 클뤼타이메스트라와 결혼하여 엘렉트라를 낳았고, 그녀는 불사의 여신들과 미모를 겨루었다고 한다.[8] 전통 신화에서 엘렉트라는 오레스테스의 복수 과정에서 아무 역할도 없었음을 추측할 수 있다. 그런데 「제주를 바치는 여인들」에서 엘렉트라는 귀향한 오레스테스와 재회하여 함께 아버지의 무덤 앞에서 신들과 아버지의 원혼에게 복수의 성공을 기도한다(306~478). 이러한 감동적인 장면을 연출하고 상황에 극적 변화를 주기 위해서 아이스퀼로스가 엘렉트라에게 중요한 역할을 준 것이다.[9]

---

8 R. Merkelbach et M. L West, *Hesiodi Fragmenta Selecta*, Oxford, 1983, p. 121.
9 소포클레스의 『엘렉트라』(BC 417년 이전)와 에우리피데스의 『엘렉트라』(BC 417년경)는 엘

남매의 발견 장면 후 오레스테스는 퓔라데스와 복수하기 위해 계략을 사용한다(556~558). 여기에서도 클뤼타이메스트라와 마찬가지로 설득의 로고스가 중요한 역할을 한다. 이방인으로 위장한 오레스테스는 자신의 사망 소식을 클뤼타이메스트라에게 전한다(674~690). 이 소식이 설득력을 얻어 이방인(오레스테스)은 손님으로 접대를 받는다. 그런데 계략의 성공에 결정적 역할을 하는 인물은 코러스다. 클뤼타이메스트라의 명령을 받고 유모는 아이기스토스를 부르기 위해 길을 나선다. 이때 코러스가 유모의 길을 막는다. 코러스는 여주인의 전갈 내용을 바꾸라고 유모를 설득하여 아이기스토스가 수행원 없이 궁전으로 돌아오게 한다(766~782). 이처럼 두 작품 모두에서 설득의 로고스가 계략을 성공으로 이끄는 것이다.

계략의 유형 다음에 이어지는 '복수'의 유형은 중심 플롯으로 두 작품 모두 위기에 해당한다. '복수'란 과거의 행위를 징벌하는 것으로, 정의의 문제와 관련되어 가장 중요한 이야기 유형이라 할 수 있다. 두 작품에서 복수의 유형은 전도의 유형과 밀접하게 결합되어 있다.[10] 이피게네이아의 희생에 분노한 클뤼타이메스트라는 아가멤논을 죽여 복수한다. 이에 오레스테스는 아버지(아가멤논)를 살해한 어머니(클뤼타이메스트라)를 죽여 복수한다. 이처럼 복수한 자가 복수당하는 자로 전도된다.

『오뒷세이아』에서 아가멤논 왕의 살해자는 아이기스토스로 나

렉트라 캐릭터를 더욱더 발전시켜 복수의 주동자로 재창조한다.
10 Simon Goldhill, *Aeschylus The Oresteia*, Cambridge, 1992, p. 24.

타났다(1권 35~43, 3권 304~310, 4권 512~537, 11권 405~434). 물론 클뤼타이메스트라도 그의 살해를 공모했음이 틀림없지만, 그녀의 계략이 무엇인지는 분명하게 알 수 없다. 여기에서 아이기스토스는 클뤼타이메스트라와 불륜 관계를 맺고 왕권을 차지하기 위해 아가멤논을 살해했을 것이다(『오뒷세이아』 3권 263~275).

반면 「아가멤논」에서는 아이기스토스가 아니라 클뤼타이메스트라가 아가멤논의 살해자로 나타난다. 아가멤논이 딸 이피게네이아를 희생시켰기 때문에 아가멤논을 살해한 것이다(1417~1418, 1525~1529). 또 다른 이유로는 아가멤논이 트로이아에서 크뤼세이스를 농락했고, 이제는 집에 캇산드라를 첩으로 데려와 부인을 욕보인 자라는 사실을 들 수 있다(1438~1443). 한편 아이기스토스는 복수의 주동자가 아니지만, 복수의 동참자라고 할 수 있다. 그에게도 복수의 동기가 있다. 자신의 아버지 튀에스테스에게 아가멤논의 아버지 아트레우스가 악행을 저질렀기 때문이다. 아트레우스는 튀에스테스의 자식들을 잡아서 요리한 뒤 튀에스테스를 초대해 먹게 했다. 그래서 튀에스테스는 아트레우스 가문에 저주를 내렸다(1600~1602). 바로 이 가문의 저주로 아가멤논이 아버지의 악행에 대한 죗값을 치른 것이다(1581~1582). 이처럼 복수의 원인은 좁게는 이피게네이아의 희생에, 넓게는 가문의 저주에 중층적으로 존재하는데, 이러한 복잡성을 전통 신화에서는 찾아보기 어렵다.

물론 클뤼타이메스트라가 아이기스토스를 사랑하고 아르고스의 왕권과 재산을 차지하고 싶어 아가멤논을 살해했을 것이다.

『오뒷세이아』에서 오레스테스는 고향에 돌아와 아버지의 살인자 아이기스토스를 죽여 복수한다(1권 35~43, 3권 304~310). 하지만 그가 어머니 클뤼타이메스트라를 직접 살해했는지는 분명하지 않다. 다만 그가 어머니의 장례를 치렀다는 내용을 확인할 수 있다(3권 309~310). 반면 「제주를 바치는 여인들」에서는 모친 살해의 심각성이 부각된다. 오레스테스는 아버지를 살해한 어머니에게 복수하려 한다. 하지만 그는 주저하며 이렇게 외친다.

오레스테스 필라데스, 어찌해야 하지? 어머니 죽이는 걸 꺼려야 하나?
필라데스 그러면 록시아스가 전한 퓌토의 신탁과 우리의
　　　　　충성 맹세는 앞으로 어떻게 될까? 신들이 아니라,
　　　　　차라리 모든 사람을 그대의 적이라 생각하게. (899~902)

오레스테스는 아가멤논과 마찬가지로(「아가멤논」 206~217) 딜레마 상황에 빠진 것이다. 아버지를 위해 복수하지 않으면 아버지 원혼이 보낸 복수의 여신들에게 고통을 받을 것이다(283~284). 그러나 복수한다면, 그는 친족 간 살인을 저질렀기 때문에 어머니가 보낸 복수의 여신들에게 고통받을 것이다(1048~1050). 이러한 상황에서 오레스테스는 "어찌해야 하지?"라며 외친다. 그런데 아폴론의 명령을 상기하자 다시 결심을 굳히고 어머니를 궁전 안으로 몰아넣고 살해한다. 이처럼 아이스퀼로스는 전통 신화와는 달리 인간 행위를 내적 사건의 결과로 파악하여 행위와 책임의 비극성을 부각시켰다.[11] 오레스테스처럼 딜레마 상황에서 결정하

고 행위하는 인간은 반드시 고통을 겪어야만 한다(「제주를 바치는 여인들」 313, cf. 「아가멤논」 1564, 1658). 이러한 "고통을 통한 배움"(「아가멤논」 177)이 바로 제우스 신이 세상을 통치하는 원리인 것이다. 또 그것은 정의의 여신의 원리이기도 하다(「아가멤논」 250). 인간은 행위를 하면, 그 결과로 고통을 겪고 이를 통해 배움에 이르게 된다는 것이다. 이러한 원리는 제우스 신의 계획이며 정의가 구현되는 과정으로, 오레스테이아 3부작 전체를 관통하는 주제다.

복수의 유형이 전도의 원리와 결합된 것과 마찬가지로 '희생'의 유형도 전도의 원리와 결합되어 있다. 아가멤논은 트로이아 원정을 떠나기 위해 딸을 희생시키는 자가 되었다(「아가멤논」 224~225). 이를 복수하기 위해 클뤼타이메스트라는 남편을 살해하고 나서 다음과 같이 외친다.

> 정의의 여신, 내 자식 위해 복수하신, 파멸의 여신, 복수의 여신 앞에 맹세하건대, 이들 여신의 도움으로 내가 이자를 도살한 것이다. (「아가멤논」 1432~1434)

여기서 클뤼타이메스트라는 아가멤논의 살해를, 희생 제의와 관련된 단어인 '도살하다'로 표현한다. 이처럼 복수를 위한 살인이 일종의 희생 제의로 나타난다. 요컨대 이피게네이아의 희생을

---

11 Bruno Snell, *Die Entdeckung des Geistes: Studien zur Entstehung des europäischen Denkens bei den Griechen*, Göttingen, 1973. p. 106.

명령했던 아가멤논은 클뤼타이메스트라에 의해 그 자신이 희생 제물로 전도되어 정의의 여신의 제단 위에서 도살되고 만 것이다.

이피게네이아 희생의 모티브는 이미 서사시권 서사시 『퀴프리아』에서 만날 수 있다. 이 서사시는 전해지지 않지만, 서기 5세기 신플라톤주의 철학자 프로클로스가 『유용한 지식의 보고』에서 서사시의 내용을 다음과 같이 요약했다.

원정군이 아울리스에 모였을 때, 아가멤논은 사슴 한 마리를 사냥했는데 궁술에서 아르테미스 여신을 능가한다고 말했다. 이에 분노한 아르테미스는 궂은 날씨를 보내 원정군의 선단이 항해하지 못하게 했다. 여신의 분노를 달래기 위해서는 이피게네이아를 희생시켜야 한다고 예언자 칼카스가 말했다. 그래서 아가멤논과 원정군은 이피게네이아를 아르테미스 여신에게 희생 제물로 바쳤다. 그러나 아르테미스 여신은 이피게네이아 대신 사슴 한 마리를 제단에 올려놓고, 그녀를 타우로스인들에게로 보내 그곳에서 불멸하게 하였다.

그러면 이와 같은 이피게네이아의 희생이 「아가멤논」에서는 어떻게 변용되는지 정리해 보자.

첫째, 『퀴프리아』에서 아르테미스 여신의 분노는 아가멤논의 '휘브리스'에서 생겨났다. 그런데 「아가멤논」에서 여신이 분노한 원인은 트로이아 원정 길에 나타난 전조에서 드러난다.

검은 새와 흰 꼬리의 검은 새가

창 휘두르는 오른손 방향에서 궁전 근처에 나타나

모두에게 잘 보이는 자리에 앉아

새끼를 배서 몸이 무거운

토끼 종의 후손을 잡아먹으니

마지막 도망 길이 끊어졌구나. (115~120)

이러한 전조는 트로이아 정복을 의미하지만(126~127), 이 정복은 신들의 시기(131)를 받게 된다. 아르테미스 여신이 새끼를 몸에 품은 토끼를 "희생시킨"(136) 아버지(제우스)의 날개 달린 개들(독수리들)을 "적대"(137)한 것이다(134~137). 이 전조는 중의적으로 과거에 아트레우스가 튀에스테스의 자식들을 잡아 요리해 그 아버지가 먹게 한 일, 현재에 아가멤논이 이피게네이아를 희생시키는 일, 그리고 미래에 아가멤논과 메넬라오스가 트로이아의 백성들을 학살하는 일을 떠올리게 한다.

둘째, 『퀴프리아』와 마찬가지로 「아가멤논」에서도 분노한 아르테미스 여신은 딸 이피게네이아를 희생 제물로 바치라고 아가멤논에게 요구한다. 그런데 「아가멤논」에서는 이피게네이아의 희생 문제로 아가멤논이 딜레마 상황에 처한 비극적 상황이 부각된다 (206~211). 아가멤논은 트로이아 원정을 떠나기 위해 바람을 잠재워야 하는데, 그렇게 하려면 딸 이피게네이아를 희생시켜야 한다. 딸을 희생시키지 않으면, 그는 트로이아 원정을 떠날 수 없다. 그 결과, 동맹국들 사이의 맹세를 어길 뿐만 아니라 원정군의 파멸도 초래할 것이다. 이러한 상황에서 아가멤논은 결정한다.

> 아가멤논이 고개 숙여 강제의 굴레를 쓰자
> 마음의 바람은 불경하고 부정 타고
> 성스럽지 못한 방향으로 불어 그때부터
> 온갖 무모한 짓 생각하는 마음으로 바뀌었으니.
> 무자비한 착란(錯亂)이 수치스러운 계획으로
> 사람을 대담하게 하다니,
> 재앙의 시작이로다. (218~224)

다시 말해서 (1) 아가멤논은 "강제의 굴레"라는 상황에 처한다. (2) 그것을 쓰는 결정을 내린다. (3) "그때부터" 착란 상태에 빠져[12] 이피게네이아를 무자비하게 희생시켜 인륜의 법도를 위반한다. 따라서 아가멤논은 자유 의지로 필연의 상황에 들어가는 결정을 내린 것이고, 그러한 상황에 들어간 후 착란 상태에서 이피게네이아를 희생시킨 것이다. 아가멤논의 자유 의지와 운명은 서로 배제하지 않는, 상호 보완적인 관계라 하겠다.[13]

셋째, 『퀴프리아』에서 묘사된 이피게네이아의 희생은 동물을 대신하여 소녀가 희생 제물이 되는 것으로, 사냥 문화에서 자주 등

---

[12] 여기에서 파라코파(*parakopa*)는 아테(*atē*)와 유사한 개념이다. 아테(*atē*)는 제우스 신이 보내는 것으로 무엇인가에 홀려 헤매다가 파멸을 자초하는 정신 상태를 의미한다(J. Herington, *Aeschylus*, New Haven, London, 1986. p. 75).

[13] M. Nussbaum, *The fragility of goodness. Luck and ethics in Greek Tragedy and philosophy*, Cambridge, 1986, pp. 34~35.

장하는 모티브다.[14] 아가멤논은 아르테미스 여신의 성지에서 사슴을 사냥해 죽였는데, 이를 속죄하는 방법은 아가멤논이 그의 딸을 바치는 것이다. 하지만 그녀는 아르테미스 여신에 의해 구원받게 된다. 반면 「아가멤논」에서 묘사된 이피게네이아의 희생은 오염된 희생 제의라는 사실이 부각된다. 이피게네이아와 같은 희생 제물은 "관습에 어긋나고 만찬도 없는 것"(150)으로 "같은 종족 사이 분쟁을 낳으며"(151), "자식으로 복수하는 분노"(155)를 일깨운다. 따라서 『퀴프리아』에 나타난 희생 제의는 「아가멤논」에서는 오염된 희생 제의로 바뀐 것이다.

복수 및 희생의 유형이 전도의 유형과 밀접한 관련을 맺는 두 작품 「아가멤논」과 「제주를 바치는 여인들」은 극의 구조에서도 서로 유사하다. 「제주를 바치는 여인들」에서 발견의 유형을 제외한다면, 두 작품 모두 귀향, 계략, 복수라는 이야기 유형이 결합되어 이루어졌음을 알 수 있다. 이처럼 두 작품은 거울상 대칭 관계에 있다.[15] 그런데 두 작품은 차이점도 있다.[16] 복수의 동기에서 보면, 클뤼타이메스트라는 악마적 힘에 이끌리고 수치심을 모르는 욕정에 빠져 아가멤논을 살해했다. 반면 오레스테스는 아폴론 신의 명령을 따르고(「제주를 바치는 여인들」 900~901) 폭정

---

14 Walter Burkert, *Greek Religion*, Malden, MA, 1985, pp. 151~152.

15 무대 장경(*opsis*) 측면에서도 두 작품은 서로 유사하다. 아가멤논과 캇산드라의 시체가 그물과 같은 옷에 싸여 엑퀴클레마(*ekkyklema*) 위에 누워 있고(「아가멤논」 1382~1384) 클뤼타이메스트라가 그 앞에서 살인을 정당화하는 연설을 하는 것처럼, 마찬가지로 클뤼타이메스트라와 아이기스토스의 시체가 그물과 같은 옷에 싸여 엑퀴클레마 위에 누워 있고(「제주를 바치는 여인들」 999~1000) 오레스테스는 그 앞에서 살인을 정당화하는 연설을 한다.

16 Bernd Seidensticker(ed.), *Peter Stein Die Orestie des Aischylos*, Müchen, 1997, p. 219.

을 휘두른 자, 아버지를 살해한 자, 가정의 재산을 탕진한 자에게 정당한 복수를 했다(973~974). 복수의 결과에서도 차이점이 발견된다. 클뤼타이메스트라는 남편을 죽여 복수하고 복수를 정당화하며 승리감에 도취되어(「아가멤논」 1400) 광분한다(1428). 반면 오레스테스는 어머니를 살해하고 양심의 가책을 받은 듯 복수의 여신들의 환영을 보면서(「제주를 바치는 여인들」 1048~1050, 1053~1054) 정신적 혼란을 느낀다(1056).

「자비로운 여신들」

마지막 작품인 「자비로운 여신들」에서는 추방, 탄원, 구원의 유형이 나란히 등장한다. 어머니를 살해한 오레스테스는 복수의 여신들의 추격을 받아 추방의 길에 오른다. 추방의 유형은 비극에서 자주 등장하는 유형들 중 하나다. 추방은 정치적·경제적·문화적 삶을 보장해 주는 공간인 도시에서 배제되는 것이기에 그 자체가 매우 비극적인 상황이다. 추방의 유형은 자연스럽게 탄원의 유형으로 이어진다. 탄원의 유형은 주로 삼각관계로 이루어진다.[17] 다시 말해, 탄원자나 탄원자 집단은 적들의 추격을 받고 주로 신전 앞에서 그 나라의 지도자를 찾아 보호를 요청한다.

『오뒷세이아』는 오레스테스의 성공적인 복수를 말하고 있지만, 그가 복수한 후 무슨 일을 겪었는지는 침묵하고 있다. 하지만 클뤼타이메스트라와 아이기스토스에게 오레스테스가 복수한 후 가

---

17 Burian, 앞의 책, p. 188.

문을 회복하고 왕권을 되찾아 미케네를 통치했을 것이다. 『오뒷세이아』 제11권에서 서사된 오이디푸스 신화에서도 이와 비슷한 사례를 찾을 수 있다. 아버지를 죽이고 어머니와 결혼한 사실이 드러났지만, 오이디푸스는 추방의 길을 떠나지 않고 테베의 왕으로 남아 계속해서 통치한다(275~276).

「자비로운 여신들」은 추방된 오레스테스의 '탄원'으로 시작된다. 오레스테스는 델피에 가서 아폴론 신에게 탄원한다. 이미 아폴론 신은 오레스테스에게 그 일을 행하고 나면, 즉 어머니를 죽여 복수하고 나면 불행한 죄로부터 벗어나게 된다고(「제주를 바치는 여인들」 1030~1032) 약속한 바 있다. 아폴론 신은 오레스테스에게 아테나이로 가서 아테나 여신에게 탄원하라고 명령한다.

도시 국가 아테나이와 오레스테스의 관계는 호메로스의 『오뒷세이아』에서 읽을 수 있다. 오레스테스가 아이기스토스에게 복수하기 위해 아테나이에서 귀향했다고 한다(3권 307). 한편 「제주를 바치는 여인들」에서 오레스테스는 클뤼타이메스트라와 아이기스토스에게 복수하기 위해 포키스에서 아르고스에 도착한다. 「자비로운 여신들」에서 오레스테스는 복수를 마치고 델피를 거쳐 아테나이로 간다. 아이스퀼로스 이전 신화에서는 오레스테스가 올림포스 신들로 구성된 법정 앞 아레오파고스에서 클뤼타이메스트라의 친척들에 의해 살인죄로 기소되었을 것이다.[18] 이 추측이 옳다면, 아이스퀼로스가 「자비로운 여신들」에서 오레스테스의 해방

---

18 Alan H. Sommerstein, *Aeschylus Eumenides*, Cambridge, 1989, p. 5.

을 새롭게 창안한 것이다. 오레스테스는 복수의 여신들에 의해 기소되어, 아테나 여신이 주재하는 아레오파고스 재판에서 무죄 판결을 받은 것이다.

구원은 신이나 인간이 개입하여 위기에 처한 개인이나 집단을 구원하는 이야기 유형을 말한다. 호메로스의 『일리아스』와 『오뒷세이아』에서는 신이 개입해 인간을 돕는 유형을 발견할 수 있다. 『일리아스』 제1권에서 아가멤논에게 분노한 아킬레우스가 아가멤논을 죽이려 할 때, 아테나 여신이 나타나 그가 제정신을 차리게 하여 파국을 막는다(188~214). 『오뒷세이아』 제24권에서 오뒷세우스는 아테나 여신의 도움으로 모든 구혼자를 무찌른다(502~548). 「자비로운 여신들」에서는 신의 개입이 호메로스의 서사시에서처럼 직접적이지 않지만, 아폴론 신과 아테나 여신은 재판이란 문명적 제도를 통해 오레스테스를 구원하려고 한다. 아폴론 신이 오레스테스를 변호한 뒤, 배심원들의 투표가 이어진다. 비록 아테나 여신이 직접 오레스테스를 구원하는 것은 아니지만, 여신은 오레스테스의 무죄를 위해 한 표를 행사한다(735). 유죄표와 무죄표가 동수로 나오자(753), 마침내 아테나 여신은 오레스테스의 무죄를 공표한다.

「자비로운 여신들」에서는 추방, 탄원, 구원의 이야기 유형으로 극화하며 신화적 과거(펠롭스 가문 신화)와 역사적 현재(도시 국가 아테나이의 역사)를 결합시켜 복수의 정의를 합리적·문명적 정의로 승화시킨다. 「제주를 바치는 여인들」에서는 오레스테스의 복수로 여성적인 것과 남성적인 것, 혈족 관계와 결혼 제도, 가정

(*oikos*)과 국가(*polis*), 구신(복수의 여신들)과 신신(아폴론, 아테나) 사이의 갈등이 첨예화되지만,「자비로운 여신들」에서는 그 갈등이 변증법적으로 해결된다.

아이스퀼로스의 오레스테이아 3부작에 나타난 이야기 유형들은 전통 신화에서는 물론 비극 장르에서도 반복되고 변주되는 유형이다. 이 이야기 유형은 귀향, 발견, 계략, 복수, 희생, 추방, 탄원, 구원의 유형을 말한다. 이러한 유형들이 결합하여 오레스테이아 3부작의 플롯이 구성되는데, 여기에서 반전과 전도의 원리가 가장 중요하게 작용한다. 정복자가 패배자가 되고, 계략을 사용한 자가 계략에 당하고, 희생시킨 자가 희생 제물이 되고, 복수한 자가 복수당하고, 그리고 탄원하는 자가 구원받는 자가 된다.

이러한 반전과 전도의 원리 아래 전통 신화가 비극 플롯으로 형성되는데, 이 과정에서 어떤 점이 부각되는지 정리해 보자.

첫째, 비극의 신화는 신들의 갈등을 강조한다. 아폴론 신과 아테나 여신은 복수의 여신들과 갈등 관계를 이룬다. 또 신들의 계획은 인간에겐 잘 이해되지 않는 것이다.「아가멤논」에서는 제우스의 계획과 아르테미스의 분노가 모순되는 것으로 나타난다. 또 신들은 진화하는 존재다. 제우스의 정의가 3부작 첫 번째와 두 번째 작품에서는 기계적이고 폭력적인 복수의 정의였지만, 세 번째 작품에서는 합리적이고 문명적인 정의로 진화하게 된다.

둘째, 비극의 신화는 신이 결정한 운명뿐만 아니라, 인간이 자유의지로 행한 행위와 그 결과도 강조한다. 아가멤논, 클뤼타이메스트라, 오레스테스는 모두 정당한 이유를 가지고 행위하지만, 그 행위는 윤리적으로 심각한 문제를 일으킨다. 특히 아가멤논과 오레스테스는 딜레마 상황에 처해 결단을 내려야 하고, 그러한 결단으로 인해 고통을 겪는다. 오레스테이아 3부작에 나타난 제우스 신의 통치 원리에 따르면, 인간의 행위는 고통을 낳고, 그 고통을 통해 배움에 인도되어 지혜로워진다는 것이다. 따라서 비극 신화는 인간 행위의 본질을 핵심적으로 극화하여 인류의 근본적 가치를 숙고하게 한다.

셋째, 비극의 신화는 도시 국가의 핵심 요소인 가정 내 가족들 사이의 갈등과 폭력을 극화하는 데 집중한다. 그것은 가정의 위기가 도시 국가의 존립에 얼마나 큰 영향을 미치고 있는지 잘 보여 준다. 또 비극의 신화는 도시 국가 아테나이가 신화를 재구성하여 전유하려는 전략을 드러낸다. 「자비로운 여신들」에서 신화적 과거는 역사적 현재로 바뀌고, 복수의 정의는 합리적이고 문명적인 정의로 바뀌며, 아르고스 왕가에서 일어난 갈등은 도시 국가 아테나이에서 해결된다. 이는 설득의 로고스로 폭력을 통제하는 도시 국가 아테나이의 문명적인 힘을 부각시킨다.

판본 소개

을유세계문학전집판 『오레스테이아 3부작』은 고전문헌학자 마틴 리치필드 웨스트(Martin Litchfield West)가 편집한 토이프너 비판정본〔*Aeschyli Tragoediae*(Stuttgart: B. G. Teubner, 1990)〕을 대본으로 삼아 번역했다. 웨스트의 독법을 선택하지 않은 경우에는 앨런 H. 서머스타인(Alan H. Sommerstein)이 편집하고 번역한 *Aeschylus II Oresteia*(Cambridge, Mass., 2008)를 따랐다. 아울러 서머스타인의 영어 번역본과 페터 슈타인(Peter Stein)의 독일어 번역본〔B. Seidensticker(Hrsg.), *Die Orestie des Aischylos*(München, 1997)〕을 참고했다. 번역 작업을 하면서 참고한 주석서는 다음과 같다. 「아가멤논」은 Eduard Fraenkel(ed.), *Aeschylus Agamemnon*, Vol. 1·2·3(Oxford, 1950)과 J. D. Denniston and Denys Page(eds.), *Aeschylus Agamemnon*(Oxford, 1957)을, 「제주를 바치는 여인들」은 A. F. Garvie(ed.), *Aeschylus Choephori*(Oxford, 1986)를, 「자비로운 여신들」은 Alan H.

Sommerstein(ed.), *Aeschylus Eumenides*(Cambridge, 1989)를
사용했다.

아이스퀼로스 연보

기원전

525/524	아테나이의 엘레우시스에서 출생.
508/507	클레이스테네스의 개혁.
497/496	소포클레스 출생.
494	페르시아가 밀레토스를 파괴함.
493/492	프뤼니코스가 「밀레토스 함락」을 무대에 올림.
490	마라톤 전투.
485~480	에우리피데스 출생.
484	대(大)디오뉘시아 제전에서 처음으로 우승함.
480	살라미스 해전.
479	플라타이아 전투.
478	델로스 동맹 결성.
472	「페르시아인들」로 일등상을 수상함.
471	테미스토클레스가 도편 추방 투표로 추방됨.
467	「테바이를 공격한 일곱 장수」로 일등상을 수상함.
462	에피알테스가 아레오파고스를 개혁함.
462/461	아테나이와 아르고스가 동맹을 맺음.

461 에피알테스가 피살됨.

458 오레스테이아 3부작을 무대에 올림.

456/455 시칠리아 겔라에서 사망.

새롭게 을유세계문학전집을 펴내며

을유문화사는 이미 지난 1959년부터 국내 최초로 세계문학전집을 출간한 바 있습니다. 이번에 을유세계문학전집을 완전히 새롭게 마련하게 된 것은 우리가 직면한 문화적 상황에 적극적으로 대응하기 위해서입니다. 새로운 을유세계문학전집은 세계문학의 역할이 그 어느 때보다 중요해졌다는 인식에서 출발했습니다. 오늘날 세계에서 타자에 대한 이해는 우리의 안전과 행복에 직결되고 있습니다. 세계문학은 지구상의 다양한 문화들이 평등하게 소통하고, 이질적인 구성원들이 평화롭게 공존할 수 있는 문화적인 힘을 길러 줍니다.

을유세계문학전집은 세계문학을 통해 우리가 이런 힘을 길러 나가야 한다는 믿음으로 만들어졌습니다. 지난 5년간 이를 준비하기 위해 많은 노력을 기울였습니다. 세계 각국의 다양한 삶의 방식과 문화적 성취가 살아 있는 작품들, 새로운 번역이 필요한 고전들과 새롭게 소개해야 할 우리 시대의 작품들을 선정했습니다. 우리나라 최고의 역자들이 이들 작품 속 한 문장 한 문장의 숨결을 생생히 전하기 위해 심혈을 기울였습니다. 또한 역자들은 단순히 번역만 한 것이 아니라 다른 작품의 번역을 꼼꼼히 검토해 주었습니다. 을유세계문학전집은 번역된 작품 하나하나가 정본(定本)으로 인정받고 대우받을 수 있도록 최선을 다했습니다. 세계문학이 여러 경계를 넘어 우리 사회 안에서 주어진 소임을 하게 되기를 바라며 을유세계문학전집을 내놓습니다.

을유세계문학전집 편집위원단(가나다 순)
김월회(서울대 중문과 교수)
김헌(서울대 인문학연구원 교수)
박종소(서울대 노문과 교수)
손영주(서울대 영문과 교수)
신정환(한국외대 스페인어통번역학과 교수)
정지용(성균관대 프랑스어문학과 교수)
최윤영(서울대 독문과 교수)

을유세계문학전집

을유세계문학전집은 계속 출간됩니다.

을유세계문학전집 연표